Der Schöpfer des Kinderbuchklassikers *Der Zauberer von Oz*, Lyman Frank Baum, hat mit der Geschichte über das abenteuerliche Leben des Santa Claus ein weiteres bezauberndes Märchen geschrieben. Und er findet wunderbare Antworten auf all das, was wir schon immer wissen wollten: Wo wohnt der Weihnachtsmann? Wie kam Santa Claus zu seinem Namen? War der Weihnachtsmann auch einmal ein kleiner Junge? Warum wird Santa Claus von Rentieren durch die Lüfte gezogen, und wieso können Rentiere überhaupt fliegen?

Lyman Frank Baum, geboren am 15. Mai 1856 in Chittenango / New York, ist am 6. Mai 1919 in Los Angeles / Kalifornien gestorben. Im insel taschenbuch ist von Lyman Frank Baum außerdem *Der Zauberer von Oz* (it 3433) erschienen.

insel taschenbuch 3634

Lyman Frank Baum

Der Weihnachtsmann oder Das abenteuerliche Leben des Santa Claus

Lyman Frank Baum

Der Weihnachtsmann

oder **Das abenteuerliche Leben des Santa Claus**

Mit der Erzählung

Die Entführung des Santa Claus Aus dem amerikanischen Englisch von Hans-Christian Oeser

Insel Verlag

Originaltitel: *The Life and Adventures of Santa Claus* und *A Kidnapped Santa Claus*.

insel taschenbuch 3634
Neuübersetzung
Erste Auflage 2010

Vertrieb durch den Suhrkamp Taschenbuch Verlag
Satz: Hümmer GmbH, Waldbüttelbrunn
Druck: CPI – Ebner & Spiegel, Ulm
Printed in Germany
ISBN 978-3-458-35334-8

1 2 3 4 5 6 – 15 14 13 12 11 10

Inhalt

Der Weihnachtsmann

oder **Das abenteuerliche Leben des Santa Claus**

Kindheit und Jugend

1 Burzee

Habt ihr schon einmal vom großen Wald von Burzee gehört? Als ich noch klein war, hat mir mein Kindermädchen immer davon gesungen. Sie sang von den mächtigen Baumstämmen, die dicht nebeneinanderstanden, mit ihren verschlungenen Wurzeln unter der Erde und ihren verschlungenen Zweigen in der Höhe; von dem Überzug aus rauer Borke und den sonderbaren, knorrigen Ästen; von dem buschigen Laubwerk, das den gesamten Wald überdachte, bis auf die Stellen, wo sich die Sonnenstrahlen einen Weg bahnten, bevor sie in kleinen Tupfern den Boden berührten und auf Moos, Flechten und verwehtes, trockenes Laub seltsame und wunderliche Schatten warfen.

Der Wald von Burzee ist riesig und gewaltig und furchterregend für alle, die sich unter sein schattiges Dach stehlen. Wer von sonnenbeschienenen Wiesen kommt und sein Labyrinth betritt, auf den wirkt er anfangs finster, dann wohltuend und zuletzt wie von unendlichen Freuden erfüllt.

Seit Hunderten von Jahren ist er in all seiner Pracht gediehen, die eingehegte Stille wird nur von dem emsigen Schmatzen gestreifter Eichhörnchen, dem Knurren wilder Tiere und dem Gesang der Vögel durchbrochen.

Dabei hat Burzee seine ureigensten Bewohner. Im Anfang bevölkerte die Natur den Wald mit Elfen, Knooks, Ryls und Nymphen. Solange der Wald steht, wird er diesen sanften Unsterblichen, die sich ungestört in seinem tiefsten Innern ergötzen, als Heimat, Zuflucht und Spielstätte dienen.

Bis Burzee ist die Zivilisation nie vorgedrungen. Ob es ihr jemals gelingen wird?

2 Das Kind des Waldes

Es war einmal, vor so langer Zeit, dass unsere Urgroßväter kaum davon vernommen haben dürften, eine Waldnymphe namens Necile, die lebte im großen Wald von Burzee. Sie war eng verwandt mit der mächtigen Königin Zurline, und ihr Zuhause lag im Schatten einer weit verzweigten Eiche. Einmal im Jahr, am Knospentag, wenn die Bäume neue Knospen treiben, hielt Necile der Königin den Goldenen Kelch des Ak an die Lippen, und diese trank daraus zum Wohlergehen des Waldes. Ihr seht also, sie war eine ziemlich wichtige Nymphe, außerdem sagt man, dass sie aufgrund ihrer Schönheit und Anmut sehr geschätzt wurde.

Wann genau sie erschaffen wurde, hätte sie nicht zu sagen gewusst; Königin Zurline hätte es nicht zu sagen gewusst; selbst der Große Ak hätte es nicht zu sagen gewusst. Es war ja auch so lange her, damals, als die Welt noch neu war und Nymphen benötigt wurden, um die Wälder zu bewachen und sich um die jungen Bäume zu kümmern. Dann, an einem Tag vor undenklichen Zeiten, sprang Necile ins Leben; strahlend schön, gerade und schlank wie der Schössling, den zu schützen sie erschaffen worden war.

Ihr Haar hatte die Farbe einer Kastanienschale; ihre Augen waren blau im Sonnenlicht und purpurn im Schatten; ihre Wangen erblühten in demselben schwachen Rosa, das die Wolken bei Sonnenuntergang säumt; ihre Lippen waren von einem vollen Rot. Für ihre Tracht wählte sie das Grün des Eichenblatts; sämtliche Waldnymphen kleiden sich in diese Farbe und wüssten keine, die reizvoller wäre. Ihre zierlichen Füßchen steckten in Sandalen, während ihr Kopf nur von seidigen Locken bedeckt wurde.

Neciles wenige Pflichten waren einfach. Sie verhinderte, dass unter ihren Bäumen schädliches Unkraut wuchs und die Erdnahrung aufsaugte, die ihre Pfleglinge benötigten. Sie vertrieb die Gadgols, die ein boshaftes Vergnügen daran fanden, gegen die Baumstämme zu fliegen und sie zu beschädigen, sodass sie erschlafften und an der giftigen Berührung starben. In den regenarmen Jahreszeiten trug sie Wasser von Bächen und Tümpeln herbei und befeuchtete die Wurzeln ihrer durstigen Schutzbefohlenen.

Das war im Anfang. Das Unkraut hatte längst gelernt, die Wälder zu meiden, in denen Waldnymphen wohnten; die abscheulichen Gadgols wagten sich nicht länger in ihre Nähe; die Bäume waren alt und robust geworden und konnten die Dürre besser verkraften als zu der Zeit, als sie eben erst frisch entsprossen waren. Daher verminderten sich Neciles Aufgaben, die Zeit schlich immer träger dahin, und die folgenden Jahre wurden ermüdender und ereignisloser, als dem frohen Mut der Nymphe genehm war.

In Wahrheit fehlte es den Waldbewohnern nicht an Zerstreuung. Bei Vollmond tanzten sie in der fürstlichen Runde der Königin. Dann gab es das Fest der Nüsse, das Jubiläum der Herbstfärbung, die feierliche Zeremonie des Abfallenden Laubes und die Festlichkeiten des Knospentags. Doch diese Zeiten des Vergnügens lagen weit auseinander, und die Stunden dazwischen waren oft öde.

Dass eine Waldnymphe unzufrieden werden könnte, fiel Neciles Schwestern nicht im Traum ein. Die Unzufriedenheit befiel Necile auch erst nach vielen Jahren des Grübelns. Nachdem sie zu der Überzeugung gelangt hatte, dass das Leben eine Last war, verlor sie die Geduld mit ihrer Lage und sehnte sich danach, etwas wirklich Interessantes zu tun und ihre Tage auf eine Weise zu verbringen, von denen die Waldnymphen bis dahin nichts geahnt hatten. Allein das Gesetz des Waldes hinderte sie daran, sich auf die Suche nach Abenteuern zu begeben.

Während diese Stimmung schwer auf der hübschen Necile lastete, geschah es, dass der Große Ak den Wald von Burzee aufsuchte und den Waldnymphen gestattete, das zu tun, was sie immer taten – zu seinen Füßen zu liegen und seinen weisen Worten zu lauschen. Ak ist Herr und Gebieter über die Waldbewohner der Welt; er sieht alles und weiß mehr als die Menschensöhne.

In jener Nacht hielt er die Hand der Königin; er liebte die Nymphen, wie ein Vater seine Kinder liebt; und Necile lag mit vielen ihrer Schwestern zu seinen Füßen und lauschte aufmerksam, als er sprach.

»Wir leben so glücklich, meine Schönen, auf unseren Waldlichtungen«, sprach Ak und strich sich gedankenvoll über den grauen Bart, »dass wir von dem Kummer und dem Elend, die das Los jener armen Sterblichen sind, welche die offenen Räume der Erde bewohnen, gar nichts wissen. Zwar gehören sie unserer Gattung nicht an, doch für Wesen, die so begünstigt sind wie wir, gebührt es sich, Mitgefühl zu zeigen. Oft, wenn ich am Haus eines leidenden Sterblichen vorübergehe, bin ich versucht, stehen zu bleiben und das Elend des Armen zu bannen. Doch Leiden, in Maßen, ist das natürliche Los der Sterblichen, und es ist nicht unseres Amtes, in die Gesetze der Natur einzugreifen.«

»Gleichwohl«, sprach die schöne Königin und nickte mit ihrem goldenen Schopf dem Herrn über die Waldbewohner zu, »wäre es keine eitle Vermutung, dass Ak diesen unglücklichen Sterblichen oftmals beigestanden hat.«

Ak lächelte.

»Manchmal«, erwiderte er, »wenn sie sehr jung sind – ›Kinder‹ nennen die Sterblichen sie –, bin ich stehen geblieben, um sie aus ihrem Elend zu erlösen. Bei Männern und Frauen wage ich nicht einzuschreiten; diese müssen die Lasten tragen, die die Natur ihnen auferlegt hat. Doch die hilflosen Kleinen, die unschuldigen Kinder der Menschen, haben ein Recht darauf, glücklich zu sein, bis sie erwachsen sind und in der Lage, die Schicksalsprüfungen der Menschheit zu erdulden. Deshalb habe ich das gute Recht, ihnen beizustehen. Vor nicht allzu langer Zeit – ein Jahr mag's her sein – stieß ich auf vier arme Kinder, die zusammengekauert in einer Holzhütte lagen und langsam erfroren. Ihre Eltern waren ins Nachbardorf gegangen, um Nahrung zu beschaffen, und hatten ein Feuer brennen lassen, damit sich die Kleinen in ihrer Abwesenheit wärmen konnten. Doch es erhob sich ein Sturm und wehte Schnee auf ihren Pfad, sodass sie lange unterwegs waren. Unterdessen erlosch das Feuer, und der Frost kroch den wartenden Kindern in die Knochen.«

»Die armen Geschöpfe!«, murmelte die Königin leise. »Was hast du unternommen?«

»Ich rief Nelko herbei und befahl ihm, aus meinen Wäldern Holz zu holen und es anzuhauchen, bis das Feuer wieder aufloderte und die kleine Kammer wärmte, in der die Kinder lagen. Da hörten sie auf zu frösteln und schliefen ein, bis ihre Eltern wiederkamen.«

»Darüber bin ich froh«, sagte die gute Königin und strahlte ihn an; und Necile, die jedes Wort begierig aufgesogen hatte, wiederholte flüsternd: »Ich bin auch froh!«

»Und als ich heute Abend zum Waldrand von Burzee kam«, fuhr Ak fort, »vernahm ich einen schwachen Ruf, der meines Erachtens von einem Menschenkind stammte.

Ich sah mich um, und dicht am Wald fand ich einen hilflosen Säugling, der splitternackt im Grase lag und kläglich wimmerte. Unweit davon, vom Wald getarnt, kauerte Shiegra, die Löwin, und war drauf und dran, das Kleinkind zum Abendessen zu verschlingen.«

»Und was hast du unternommen, Ak?«, fragte die Königin atemlos.

»Nicht viel, da ich es eilig hatte, meine Nymphen zu begrüßen. Aber ich befahl Shiegra, sich zu dem Säugling zu legen und ihn zu säugen, bis sein Hunger gestillt wäre. Und ich trug ihr auf, allen Bestien und Reptilien des Waldes Bescheid zu geben, dass dem Kind kein Leid geschehen darf.«

»Darüber bin ich froh«, sprach abermals die gute Königin im Ton der Erleichterung; diesmal aber wiederholte Necile ihre Worte nicht, denn plötzlich hatte die Nymphe einen merkwürdigen Vorsatz gefasst und sich aus der Gruppe davongestohlen.

Flink huschte ihr geschmeidiger Körper die Waldwege entlang, bis sie an den Saum des mächtigen Burzee gelangte, wo sie innehielt und sich neugierig umsah. Noch nie hatte sie sich so weit vorgewagt, denn das Gesetz des Waldes hatte die Nymphen in seine tiefsten Tiefen verbannt.

Necile wusste, dass sie gegen das Gesetz verstieß, doch der Gedanke ließ ihre zierlichen Füße nicht zaudern. Sie hatte beschlossen, den Säugling, von dem Ak erzählt hatte, mit eigenen Augen zu sehen, denn noch nie zuvor hatte sie ein Menschenkind erblickt. Alle Unsterblichen sind erwachsen; es gibt keine Kinder darunter. Als Necile durch die Bäume spähte, sah sie das Kind im Grase liegen. Es ruhte in süßem Schlaf, getröstet von der Milch, mit der Shiegra es gesäugt hatte. Es war noch nicht alt genug, um zu wissen, was Gefahr bedeutet; solange es keinen Hunger verspürte, war es zufrieden.

Leise schlich die Nymphe zu dem Säugling und kniete sich ins Gras; ihr langes rosenblattfarbenes Gewand umwallte sie wie eine zarte Wolke. Ihre liebliche Miene drückte Neugier und Verwunderung aus, vor allem aber zärtliches Mitleid. Der Säugling, pausbäckig und rosig, war erst vor Kurzem zur Welt gekommen. Er war vollkommen hilflos. Während die Nymphe ihn betrachtete, schlug das Kind die Augen auf, lächelte sie an und streckte die beiden mit Grübchen übersäten Arme aus. Im Nu hatte Necile es an die Brust genommen und hastete mit ihm die Waldwege entlang.

3 Die Adoption

Plötzlich erhob sich der Herr über die Waldbewohner mit gerunzelter Stirn. »Im Wald hält sich ein sonderbares Wesen auf«, erklärte er. Als die Königin und ihre Nymphen sich umblickten, sahen sie Necile vor sich stehen, die das schlafende Kind fest in den Armen hielt und einen trotzigen Blick in den tiefblauen Augen hatte.

Und so verharrten sie einen Moment. Die Nymphen waren erstaunt und bestürzt, doch als der Herr über die Waldbewohner die schöne Unsterbliche, die so mutwillig gegen das Gesetz verstoßen hatte, aufmerksam betrachtete, glättete sich seine Stirn allmählich wieder. Dann legte der Große Ak zu aller Verwunderung Necile sachte die Hand auf die wallenden Locken und küsste sie auf die Stirn.

»Meines Wissens hat zum ersten Mal eine Nymphe mir und meinen Gesetzen getrotzt«, sprach er sanft, »doch in meinem Herzen kann ich kein Wort des Tadels finden. Was ist dein Begehr, Necile?«

»Erlaube mir, das Kind zu behalten!«, antwortete sie, begann zu zittern und sank demütig auf die Knie.

»Hier im Wald von Burzee, in den das Menschengeschlecht noch nie eingedrungen ist?«, fragte Ak.

»Hier im Wald von Burzee«, erwiderte die Nymphe unerschrocken. »Er ist meine Heimat, und ich bin es leid, dass ich nichts zu tun habe. Erlaube mir, den Säugling zu pflegen! Sieh nur, wie schwach und hilflos er ist. Er wird Burzee gewiss nicht schaden und dem Herrn über die Waldbewohner der Welt auch nicht!«

»Aber das Gesetz, Kind, das Gesetz!«, rief Ak streng.

»Das Gesetz ist vom Herrn über die Waldbewohner geschaffen«, entgegnete Necile. »Wenn er mir befiehlt, den Säugling zu pflegen, den er selbst vor dem Tod gerettet hat, wer in aller Welt sollte es wagen, mir entgegenzutreten?« Königin Zurline, die dem Gespräch angespannt gelauscht hatte, klatschte bei der Antwort der Nymphe ausgelassen in die Hände.

»Jetzt sitzt du aber ganz schön in der Falle, Ak!«, rief sie lachend. »Ich bitte dich, Neciles Gesuch stattzugeben.«

Der Herr über die Waldbewohner strich sich langsam über den grauen Bart, wie es seiner Gewohnheit entsprach, wenn er in Gedanken war. Dann sprach er: »Sie soll den Säugling behalten, und ich werde ihn meinem Schutz unterstellen. Aber ich warne euch alle: Dies ist das erste und das letzte Mal, dass ich das Gesetz gelockert habe. Nie wieder, bis ans Ende der Welt, soll ein Sterblicher von einer Unsterblichen adoptiert werden. Andernfalls würden wir unser glückliches Dasein gegen eins der Mühe und Sorge eintauschen. Gute Nacht, meine Nymphen!«

Damit verschwand Ak aus ihrer Mitte, und Necile eilte zu ihrem schattigen Plätzchen, um sich ihres neu gefundenen Schatzes zu freuen.

4 Claus

Ein neuer Tag, und wieder war Neciles schattiges Plätzchen der beliebteste Ort im Wald. Mit neugierigen und entzückten Blickten umdrängten die Nymphen sie und das Kind, das schlummernd in ihrem Schoße lag. Auch an Lob für den Großen Ak, der Necile in seiner Güte erlaubt hatte, den Säugling zu behalten und zu pflegen, ließen sie es nicht fehlen. Selbst die Königin kam, um das unschuldige Gesicht des Kindes anzuschauen und sein hilfloses rundliches Fäustchen in ihrer schönen Hand zu halten.

»Wie wollen wir ihn nennen, Necile?«, fragte sie lächelnd. »Er muss doch einen Namen bekommen.«

»Wir wollen ihn Claus nennen«, antwortete Necile, »denn das bedeutet ›der Kleine‹.«

»Wir wollen ihn lieber Neclaus* nennen«, entgegnete die Königin, »denn das bedeutet ›Neciles Kleiner‹.«

Die Nymphen klatschten vor Wonne in die Hände, und so bekam der Säugling den Namen Neclaus, obwohl Necile ihn am liebsten Claus nannte und viele ihrer Schwestern in den Tagen danach ihrem Beispiel folgten.

Necile sammelte das weichste Moos im Wald, damit Claus darauf liegen konnte, und bereitete ihm sein Bett an ihrem eigenen Plätzchen. An Nahrung mangelte es dem Säugling nicht. Die Nymphen suchten den Wald nach Glockeneutern ab, die an den Goa-Bäumen wachsen und süße Milch enthalten. Und die sanftäugigen Rehe tra-

* Einige Leute schreiben seinen Namen Nikolaus und andere Nicolas. Aus diesem Grund ist Santa Claus in gewissen Ländern heute noch unter dem Namen Sankt Nikolaus bekannt. Aber sein richtiger Name ist natürlich Neclaus, und Claus ist der Spitzname, den seine Adoptivmutter, die schöne Nymphe Necile, ihm gegeben hat.

ten bereitwillig einen Teil ihrer Milch ab, um den kleinen Fremden zu nähren, während sich Shiegra, die Löwin, oft heimlich zu Neciles Plätzchen stahl und leise schnurrte, wenn sie sich neben das Kind legte und es stillte.

So gedieh der Kleine und wurde Tag für Tag größer und kräftiger, während Necile ihn sprechen, gehen und spielen lehrte.

Seine Gedanken und Worte waren süß und sanft, denn die Nymphen kannten nichts Böses, und ihre Herzen waren rein und liebevoll. Er wurde der Liebling des Waldes, denn mit einem Erlass hatte Ak Bestien und Reptilien verboten, ihn zu belästigen, und wohin seine Schritte ihn trugen, dahin ging er ohne Furcht.

Alsbald erreichte die anderen Unsterblichen die Neuigkeit, dass die Nymphen von Burzee ein Menschenkind adoptiert hatten und die Maßnahme vom Großen Ak gebilligt worden war. Daher eilten viele von ihnen herbei, um den kleinen Fremden zu besuchen, und besahen ihn mit großem Interesse. Als Erste kamen die Ryls, die, obwohl von so unterschiedlicher Gestalt, Cousins ersten Grades der Waldnymphen sind. Die Ryls müssen über die Blumen und Pflanzen wachen, so wie die Nymphen über die Bäume des Waldes. Sie durchkämmen die weite Welt nach Nahrung, deren die Wurzeln der Blütenpflanzen bedürfen, während die leuchtenden Farben, die die in voller Blüte stehenden Blumen entfalten, sich den Farbstoffen verdanken, die die Ryls in die Erde geben. Durch kleine Äderchen in ihren Wurzeln und in ihrem Körper saugen die Pflanzen sie ein, bis sie zu voller Blüte gelangen. Die Ryls sind ein geschäftiges Völkchen, denn ihre Blumen blühen und verwelken unablässig; sie sind fröhlich und heiter und bei den anderen Unsterblichen sehr beliebt.

Als Nächstes kamen die Knooks, deren Aufgabe es ist, über die Tiere der Welt zu wachen, die sanften wie die wilden. Die Knooks haben es schwer, da viele Bestien unlenksam sind und sich jeder Zähmung widersetzen. Aber am Ende verstehen sie es doch, sie zu bändigen, und Ihr werdet feststellen, dass gewisse Gesetze der Knooks selbst von den grimmigsten Tieren befolgt werden. Wegen ihrer Sorgen sehen die Knooks alt, erschöpft und bucklig aus, und vom fortwährenden Umgang mit wilden Geschöpfen ist ihre Natur ein wenig ungehobelt; dennoch sind sie der Menschheit und der Welt sehr nützlich, da ihre Gesetze neben denen des Herrn über die Waldbewohner die einzigen des Waldes sind, die die Tiere anerkennen.

Sodann waren da die Elfen, die Hüter der Menschen, die großes Interesse an Claus' Adoption hatten, weil ihre eigenen Gesetze ihnen untersagten, mit ihren menschlichen Schützlingen allzu vertraut zu werden. Es sind Fälle verzeichnet, wo Elfen sich Menschen gezeigt und sogar mit ihnen gesprochen haben; dabei sollen sie ungesehen und unerkannt über das Leben der Menschen wachen, und wenn sie einige Leute anderen vorziehen, dann deshalb, weil diese eine solche Bevorzugung verdient haben, denn die Elfen sind gerecht und unvoreingenommen. Doch die Idee, ein Menschenkind zu adoptieren, war ihnen nie in den Sinn gekommen, da dies ihren Gesetzen ganz und gar widersprach; deshalb waren sie äußerst neugierig darauf, den kleinen Fremden, den Necile und ihre Nymphen adoptiert hatten, genauer in Augenschein zu nehmen.

Claus betrachtete die Unsterblichen, die sich um ihn scharten, mit furchtlosen Augen und lächelnden Lippen. Lachend ritt er auf den Schultern der fröhlichen Ryls; mutwillig zupfte er an den grauen Bärten der unkultivierten

Knooks; zutraulich lehnte er seinen Lockenkopf an den reizenden Busen der Elfenkönigin selbst. Und die Ryls liebten sein Gelächter; die Knooks liebten seinen Mut; die Elfen liebten seine Unschuld.

Der Junge freundete sich mit allen an und lernte ihre Gesetze gründlich kennen. Keine Blume des Waldes wurde unter seinen Füßen zertreten, damit die freundlichen Ryls sich nicht grämten. Nie nahm er sich Freiheiten gegen die Tiere des Waldes heraus, damit seine Freunde, die Knooks, sich nicht erzürnten. Die Elfen liebte er innig; da er aber von der Menschheit nichts wusste, konnte er nicht verstehen, dass er der Einzige seiner Gattung war, dem freundlicher Umgang mit ihnen gestattet war.

Tatsächlich begann Claus zu denken, dass er allein unter allen Geschöpfen des Waldes keinen Ebenbürtigen und keinen Gefährten hatte. Der Wald war ihm die Welt. Er hatte keinen Begriff davon, dass es Millionen Menschenwesen gab, die sich mühten und plagten.

Und er war glücklich und zufrieden.

5 Der Herr über die Waldbewohner

In Burzee vergehen die Jahre schnell, denn für die Nymphen hat Zeit keine Bedeutung. Selbst Jahrhunderte können den niedlichen Geschöpfen nichts anhaben; sie bleiben für immer dieselben, unsterblich und unwandelbar.

Als Sterblicher wuchs Claus jedoch Tag für Tag zum Manne heran. Bald schon war Necile beunruhigt, weil er zu groß wurde, um noch in ihrem Schoß zu liegen, und andere Nahrung verlangte als nur Milch. Seine stämmigen Beine trugen ihn ins Herz des Waldes, wo er Vorräte an Nüssen und Beeren sammelte, außerdem mehrere süße und bekömmliche Wurzeln, die für seinen Magen verträglicher waren als Glockeneuter. Neciles schattiges Plätzchen suchte er immer seltener auf, bis es ihm schließlich zur Gewohnheit wurde, nur noch zum Schlafen dorthin zurückzukehren.

Die Nymphe, die ihn sehr lieb gewonnen hatte, stand vor einem Rätsel. Sie wurde aus der veränderten Natur ihres Schützlings nicht klug, und um sich seinen Launen anzupassen, stellte sie unwillkürlich ihre eigene Lebensweise um. Wie ihre Schwestern folgte sie ihm bereitwillig auf allen Waldwegen und erklärte ihm, während sie dahingingen, die Geheimnisse des riesigen Waldes und die Gewohnheiten und die Natur der Lebewesen, die unter seinem Schattendach hausten.

Die Sprache der wilden Tiere wurde dem kleinen Claus verständlich; ihre mürrische und verdrießliche Stimmung dagegen konnte er nie nachvollziehen. Nur die Eichhörnchen, die Mäuse und die Kaninchen schienen eine fröhliche und heitere Natur zu besitzen; aber der Junge lachte, wenn der Panther knurrte, und streichelte dem Bären den glänzenden Pelz, wenn das Tier drohend die Zähne fletschte. Claus wusste wohl, dass dieses Knurren und Zähnefletschen nicht ihm galt; was für eine Rolle spielte es also?

Er konnte die Lieder der Bienen summen, die Gedichte der Waldblumen aufsagen und die Geschichte jeder blinzelnden Eule in Burzee erzählen. Den Ryls half er, ihren Pflanzen Nahrung zuzuführen, und den Knooks, Ordnung unter den Tieren zu halten. Die kleinen Unsterblichen achteten ihn als privilegierte Person, die unter dem besonderen Schutze Königin Zurlines und ihrer Nymphen stand und vom Großen Ak selbst gefördert wurde.

Eines Tages kehrte der Herr über die Waldbewohner in

den Wald von Burzee zurück. Er hatte der Reihe nach seine Wälder in der ganzen Welt aufgesucht, und diese waren zahlreich und ausgedehnt.

Erst als Ak auf die Lichtung trat, wo die Königin und ihre Nymphen sich versammelt hatten, um ihn zu begrüßen, fiel ihm wieder das Kind ein, das er Necile zur Adoption freigegeben hatte. Da sah er einen breitschultrigen, kräftigen Jüngling vertraulich im Kreise der lieblichen Unsterblichen sitzen, der, wenn er sich aufrichtete, dem Herrn selbst bis zur Schulter reichte.

Ak blieb stehen und runzelte die Stirn. Schweigend heftete er seinen durchdringenden Blick auf Claus. Dessen klare Augen hielten den seinen stand, und der Herr über die Waldbewohner stieß einen Seufzer der Erleichterung aus, als er ihre tiefe Ruhe bemerkte und im Herzen des Jünglings Unerschrockenheit und Unschuld las. Als sich der Herr über die Waldbewohner neben die schöne Königin setzte, war er sonderbar schweigsam und zurückhaltend, und während der mit köstlichem Nektar gefüllte goldene Kelch von Lippe zu Lippe gereicht wurde, strich er sich viele Male gedankenvoll über den Bart.

Am Morgen rief er Claus zu sich und sprach gütig: »Verabschiede dich für eine Weile von Necile und ihren Schwestern, denn du sollst mich auf meiner Reise durch die Welt begleiten.«

Das sagte Claus zu. Er wusste die Ehre, Begleiter des Herrn über die Waldbewohner der Welt zu sein, wohl zu schätzen. Necile aber weinte zum ersten Mal in ihrem Leben und klammerte sich an den Hals des Jungen, als könne sie es nicht ertragen, ihn ziehen zu lassen. Die Nymphe, die dem kräftigen Jüngling eine Mutter gewesen war, war noch immer so zierlich, reizend und schön wie damals, als sie es gewagt hatte, Ak mit dem an ihre Brust gedrückten

Säugling gegenüberzutreten; auch ihre Liebe hatte sich nicht vermindert. Ak sah, wie die beiden sich umhalsten, als seien sie Bruder und Schwester, und setzte wieder seine gedankenvolle Miene auf.

6 Claus entdeckt die Menschen

Der Herr brachte Claus zu einer kleinen Lichtung im Wald und sprach: »Leg deine Hand an meinen Gürtel und halte dich fest, während wir durch die Lüfte reisen, denn wir werden jetzt die Welt umkreisen und auf viele Orte jener Menschen hinabblicken, von denen du abstammst.«

Diese Worte erstaunten Claus, denn bis dahin hatte er geglaubt, der Einzige seiner Art auf Erden zu sein; sein Befremden verschlug ihm die Worte, und er packte fest den Gürtel des Großen Ak.

Da schien der riesige Wald von Burzee unter ihren Füßen wegzusinken, und der Jüngling spürte, wie er in großer Höhe durch die Lüfte getragen wurde.

Binnen Kurzem lagen Kirchtürme unter ihnen, und Gebäude in vielen Formen und Farben lenkten ihre Blicke auf sich. Es war eine Menschenstadt, und Ak verlangsamte seinen Flug, um zu landen. Er führte Claus zur Stadtmauer. Der Gebieter sprach: »Solange du dich an meinem Gürtel festhältst, wirst du allen Menschen unsichtbar sein, obwohl du selbst sehen kannst. Solltest du deinen Griff aber lockern, wirst du von mir und deinem Zuhause in Burzee für immer getrennt sein.«

Eines der ersten Gesetze des Waldes ist Gehorsam, und Claus dachte nicht daran, den Wunsch des Gebieters zu missachten. Er klammerte sich fest an den Gürtel und blieb unsichtbar.

Mit jedem Moment, den sie in der Stadt verbrachten, wuchs das Staunen des Jünglings. Er, der angenommen hatte, abweichend von allen anderen erschaffen worden zu sein, bemerkte jetzt, dass die Erde von seinesgleichen wimmelte.

»Ja«, sprach Ak, »der Unsterblichen sind wenige, doch der Sterblichen sind viele.«

Claus musterte seine Mitmenschen eindringlich. Da gab es traurige Mienen, fröhliche und unbekümmerte Mienen, freundliche Mienen, besorgte Mienen und gütige Mienen, alles in verwirrend kunterbuntem Durcheinander. Einige verrichteten langweilige Arbeiten; einige stolzierten in unverschämtem Dünkel; andere wirkten gedankenverloren und ernst, während wieder andere glücklich und zufrieden schienen. Dort wie überall gab es Menschen jeden Temperaments, und Claus sah vieles, das ihn freute, und vieles, das ihn traurig machte.

Besonders aber beobachtete er die Kinder – erst neugierig, dann gespannt, und schließlich liebevoll. Zerlumpte Kleine wälzten sich im Straßenstaub und spielten mit Fetzen und Steinen. Andere Kinder, prächtig gekleidet, lehnten sich gegen Kissen und wurden mit Bonbons gefüttert. Doch die Kinder der Reichen waren nicht glücklicher als jene, die mit Staub und Steinen spielten, so kam es Claus vor.

»Die Kindheit ist diejenige Zeit, in der der Mensch am zufriedensten ist«, sprach Ak, der die Gedanken des Jünglings lesen konnte. »In diesen Jahren unschuldigen Vergnügens sind die Kleinen am sorglosesten.«

»Sag mir«, erwiderte Claus, »warum ergeht es all diesen Kindern nicht gleich?«

»Weil sie entweder in Hütten oder Palästen zur Welt gekommen sind«, antwortete Ak. »Der unterschiedliche

Reichtum der Eltern entscheidet über das Schicksal des Kindes. Einige werden sorgsam behütet und in Seide und feines Linnen gekleidet, andere vernachlässigt und in Lumpen gehüllt.«

»Aber alle scheinen gleichermaßen schön und lieb«, sagte Claus versonnen.

»Solange sie Kinder sind – ja«, stimmte Ak ihm zu. »Ihre Freude ist es, am Leben zu sein, und sie halten nicht inne, um nachzudenken. In späteren Jahren holt das Verhängnis der Menschheit sie ein, und sie stellen fest, dass sie sich mühen und plagen, sich anstrengen und sorgen müssen, um den Reichtum zu erwerben, der den Menschen so am Herzen liegt. In dem Wald, in dem du aufgewachsen bist, sind derlei Dinge unbekannt.«

Claus schwieg einen Augenblick. Dann fragte er: »Warum bin ich im Wald groß geworden, unter Geschöpfen, die nicht meiner Gattung angehören?«

Da erzählte ihm Ak mit sanfter Stimme die Geschichte seiner Säuglingszeit: wie er am Waldrand ausgesetzt worden sei, den wilden Tieren zum Fraß, und wie die liebevolle Nymphe Necile ihn gerettet und unter dem Schutz der Unsterblichen zum Manne erzogen habe.

»Und doch bin ich keiner von ihnen«, sagte Claus sinnend.

»Du bist keiner von ihnen«, erwiderte der Herr über die Waldbewohner. »Die Nymphe, die sich wie eine Mutter um dich gekümmert hat, erscheint dir jetzt wie eine Schwester; wenn du alt und grau wirst, wird sie dir allmählich wie eine Tochter vorkommen. Noch eine kurze Spanne Zeit, und du wirst nur mehr eine Erinnerung sein, während sie Necile bleibt.«

»Wenn der Mensch sterben muss, warum wird er dann geboren?«, wollte der Junge wissen.

»Alles muss sterben, bis auf die Welt selbst und ihre Hüter«, antwortete Ak. »Doch solange das Leben dauert, hat alles auf Erden seinen Sinn. Die Weisen versuchen, der Welt behilflich zu sein, denn zweifellos werden die Hilfsbereiten auferstehen.«

Vieles davon verstand Claus nicht recht, doch ergriff ihn das Verlangen, seinen Mitmenschen zu helfen, und als sie ihre Reise fortsetzten, blieb er ernst und gedankenvoll.

Sie besuchten viele Menschenhäuser in vielen Teilen der Welt und sahen, wie Bauern die Äcker bestellten, Krieger sich in grausame Kämpfe stürzten und Kaufleute ihre Waren gegen weiße und gelbe Metallstücke tauschten. Und überall spürten Claus' Augen die Kinder auf, und er empfand Liebe und Mitgefühl. Der Gedanke an seine eigene Zeit als hilfloser Säugling beschäftigte ihn sehr, und er sehnte sich danach, den unschuldigen Kleinen zu helfen, so wie ihm selbst die gütige Nymphe beigestanden hatte.

Tag für Tag bereiste der Herr über die Waldbewohner mit seinem Schüler die Erde. Ak sprach nur selten zu dem Jüngling, der sich unverdrossen an seinem Gürtel festhielt, sondern führte ihn an alle Stätten, wo er sich mit dem Leben der Menschen vertraut machen konnte.

Und schließlich kehrten sie zurück in den großen alten Wald von Burzee, wo Ak ihn im Kreise der Nymphen absetzte, unter ihnen die hübsche Necile, die ihn bereits ängstlich erwartete.

Die Stirn des Großen Ak war jetzt ruhig und glatt, Claus' Stirn dagegen von tiefen Gedanken zerfurcht. Necile seufzte angesichts der Verwandlung, die in ihrem Pflegesohn vor sich gegangen war. Bis dahin hatte er immer nur froh gelächelt, und ihr kam der Gedanke, dass das Leben des

Jungen nie wieder so sein würde wie vor dieser ereignisreichen Reise mit dem Herrn des Waldes.

7 Claus verlässt den Wald

Nachdem Königin Zurline mit ihren schönen Lippen den goldenen Kelch berührt und dieser zu Ehren der zurückgekehrten Reisenden die Runde gemacht hatte, richtete der Herr über die Waldbewohner der Welt, der bislang noch nicht gesprochen hatte, freimütig seinen Blick auf Claus und sagte: »Nun?«

Der Junge neben Necile begriff und stand langsam auf. Nur einmal ließ er seine Augen im vertrauten Kreise der Nymphen umherschweifen, deren jede er als liebevolle Gefährtin in Erinnerung hatte; doch dann traten ihm Tränen in die Augen und trübten seine Sicht, sodass er danach nur noch den Gebieter ansah.

»Ich war unwissend«, sagte er schlicht, »bis der Große Ak in seiner Güte mich gelehrt hat, wer und was ich bin. Ihr, die ihr so bequem an euren waldigen Plätzchen haust, immer schön, immer jugendlich und unschuldig, ihr seid keine angemessenen Gefährtinnen für einen Menschensohn. Denn ich habe die Menschen gesehen, die dazu verdammt sind, nur eine kurze Spanne auf Erden zu leben, sich abzumühen für die Dinge, die sie benötigen, im Alter dahinzuwelken und dann zu sterben wie die Blätter im Herbst. Doch jeder Mensch hat eine Sendung: die Welt in einem besseren Zustand zu hinterlassen, als er sie vorgefunden hat. Ich gehöre dem Menschengeschlecht an, und das Schicksal der Menschen ist auch das meine. Mein Herz wird stets voller Dankbarkeit sein für die zärtliche Pflege des armen, verlassenen Säuglings, den ihr adoptiert habt, wie für eure liebevolle Kameradschaft während meiner Jugendjahre. Meine Pflegemutter«, hier hielt er inne und küsste Neciles weiße Stirn, »werde ich lieben und achten, solange ich lebe. Aber ich muss euch verlassen, um meinen Teil zu dem ewigen Kampf beizutragen, zu dem die Menschheit verdammt ist, und um mein Leben auf meine Weise zu leben.«

»Was willst du tun?«, fragte die Königin ernst.

»Ich muss mich der Fürsorge für die Menschenkinder widmen und versuchen, sie glücklich zu machen«, antwortete er. »Da eure zärtliche Pflege eines Kindes mir zu Glück und Kraft verholfen hat, ist es nur recht und billig, dass ich mein Leben dem Wohlergehen anderer Kinder widme. Auf diese Weise wird die Erinnerung an die liebevolle Nymphe Necile in den kommenden Jahren Tausenden meiner Gattung ins Herz gepflanzt und ihre Großherzigkeit in Liedern und Geschichten wiedergegeben werden, solange die Welt Bestand hat. Habe ich gut gesprochen, o Herr und Gebieter?«

»Du hast gut gesprochen«, erwiderte Ak, erhob sich und fuhr fort: »Doch eins darfst du nicht vergessen. Da du als Kind des Waldes adoptiert worden bist und Spielgefährte der Nymphen warst, hast du eine Würde erreicht, die dich für immer von anderen Menschen unterscheidet. Deshalb wird dir, wenn du hinausziehst in die Welt der Menschen, der Schutz des Waldes erhalten bleiben, und die Kräfte, über die du jetzt verfügst, werden dir bei deiner Arbeit zugute kommen. Wenn du in Not bist, kannst du die Nymphen, die Ryls, die Knooks und die Elfen anrufen, und sie werden dir mit Freuden dienen. Ich, der Herr über die Waldbewohner, habe gesprochen, und mein Wort ist Gesetz!«

Claus blickte Ak dankbar an.

»Das wird mich mächtig machen unter den Menschen«, antwortete er. »Unter dem Schutze dieser gütigen Freunde werde ich Tausende kleiner Kinder glücklich machen können. Ich werde mich bemühen, meine Pflicht zu erfüllen, und ich weiß, dass die Waldbewohner mir ihr Mitgefühl und ihre Hilfe zukommen lassen werden.«

»Das werden wir!«, sagte die Elfenkönigin ernst.

»Das werden wir!«, riefen die fröhlichen Ryls lachend.

»Das werden wir!«, schrien die buckligen Knooks mit finsteren Blicken.

»Das werden wir!«, riefen the lieblichen Nymphen stolz. Nur Necile sagte nichts. Sie schloss Claus in die Arme und küsste ihn zärtlich.

»Die Welt ist groß«, fuhr der Junge fort und wandte sich wieder an seine treuen Freunde, »doch Menschen gibt es überall. Mit meiner Arbeit will ich in der Nähe meiner Freunde beginnen, damit ich, falls mir ein Missgeschick widerfährt, den Wald um Rat oder Hilfe angehen kann.«

Damit warf er ihnen einen letzten liebevollen Blick zu und kehrte sich ab. Er brauchte nicht Auf Wiedersehen zu sagen, denn für ihn war das süße, wilde Leben des Waldes vorbei. Beherzt ging er hin, seinem Verhängnis entgegen – dem Verhängnis des Menschengeschlechts: der Notwendigkeit, sich zu quälen und zu plagen.

Ak jedoch, der das Herz des Jungen kannte, war gnädig und lenkte seine Schritte.

Als Claus an den östlichen Waldrand von Burzee gelangte, sah er das Lachende Tal von Hohaho vor sich. Zu allen Seiten erstreckten sich sanfte grüne Hügel, und in der Mitte schlängelte sich ein Bächlein, das sich jenseits des Tales verlor. In seinem Rücken lag der finstere Wald, am anderen Ende des Tales eine weite Ebene. Die Augen des jungen Mannes, die bis dahin seine ernsten Gedanken gespiegelt hatten, hellten sich auf, als er schweigend stehen blieb und über das Lachende Tal hinwegblickte. Plötzlich funkelten seine Augen wie Sterne in stiller Nacht und weiteten sich freudig.

Denn zu seinen Füßen lächelten Schlüsselblumen und Gänseblümchen ihm freundlich zu; die Brise, die vorüberwehte und mit den Locken auf seiner Stirn spielte, pfiff fröhlich; das Bächlein kicherte lustig, als es über die Kiesel sprang und die Biegungen seiner grünen Ufer umplätscherte; die Bienen, die von Hundsblumen zu Osterglocken flogen, summten süße Lieder; im hohen Gras zirpten glücklich die Käfer; und über der ganzen Szene glitzerten vergnügt die Sonnenstrahlen.

»Hier«, rief Claus und streckte die Hände aus, als wolle er das Tal umarmen, »hier will ich mir ein Zuhause schaffen!«

Das war vor vielen, vielen Jahren. Seitdem ist dies sein Zuhause. Es ist auch jetzt noch sein Zuhause.

Mannesjahre

1 Das Lachende Tal

Als Claus ankam, war das Tal leer; nur das Gras, das Bächlein, die Wildblumen, die Bienen und die Schmetterlinge waren da. Wenn er sich hier ein Heim schaffen und nach Art der Menschen leben wollte, so würde er ein Haus benötigen. Das verwirrte ihn zunächst, doch während er noch lächelnd im Sonnenschein stand, fand sich der alte Nelko, der Diener des Herrn über die Waldbewohner, neben ihm ein. Nelko trug eine schwere, breite Axt, deren Schneide wie blankes Silber schimmerte. Die drückte er dem jungen Mann in die Hand, dann verschwand er ohne ein Wort.

Claus begriff, und er wandte sich zum Waldrand und wählte eine Anzahl umgestürzter Baumstämme aus, die er von ihren toten Ästen zu befreien begann. Einen lebenden Baum wollte er nicht schlagen. Die Nymphen hatten ihn gelehrt, dass ein lebender Baum heilig ist und mit Empfindung ausgestattet. Doch mit umgestürzten und toten Bäumen hatte es eine andere Bewandtnis. Sie hatten ihr Schicksal als tätige Mitglieder der Waldgemeinschaft erfüllt, und jetzt war es nur recht, dass ihre Überreste der Not des Menschen abhalfen.

Mit jedem Hieb grub sich die Axt tiefer in den Stamm. Sie schien eine eigene Kraft zu besitzen, und Claus brauchte sie nur zu schwingen und zu lenken.

Als die Dämmerung über die grünen Hügel kroch, um Nacht auf das Tal zu legen, hatte der junge Mann viele Baumstämme in Balken gleicher Länge und Form zerhackt, um sich ein Haus zu bauen, wie er es bei den Ärmeren unter den Menschen gesehen hatte. Claus beschloss, den nächsten Tag abzuwarten, ehe er versuchen würde, die Stämme aneinanderzufügen, und verzehrte einige der süßen Wurzeln, die er so zielsicher zu finden wusste, trank in großen Zügen aus dem lachenden Bächlein und legte sich ins Gras, um zu schlafen. Dafür suchte er sich ein Plätzchen, an dem keine Blumen wuchsen, damit sie vom Gewicht seines Körpers nicht zerdrückt wurden.

Während er schlief und den Duft des wunderschönen Tals einatmete, hielt der Geist des Glücks Einzug in seinem Herzen und vertrieb alle Ängste, Sorgen und Zweifel. Nie wieder würde sein Gesicht von Kummer umwölkt sein; nie wieder würden die Heimsuchungen des Lebens ihn niederdrücken wie eine Last. Das Lachende Tal hatte ihn für sich gewonnen.

Ach, könnten wir doch nur alle an diesem herrlichen Ort leben! – aber dann wäre er vermutlich übervölkert. Seit Ewigkeiten hatte er auf einen Bewohner gewartet. War es Zufall, der den jungen Claus dazu bewog, sich in diesem glücklichen Tal ein Heim zu schaffen? Oder dürfen wir raten, dass seine aufmerksamen Freunde, die Unsterblichen, seine Schritte gelenkt hatten, als er aus Burzee ausgewandert war, um in der großen, weiten Welt ein Heim zu errichten?

Gewiss ist nur, dass sich das Lachende Tal, während der Mond über die Hügelspitze lugte und den schlafenden Fremden mit seinen weichen Strahlen überflutete, mit den seltsamen, buckligen Gestalten der freundlichen Knooks füllte. Diese Leutchen sprachen kein Wort, sondern gingen rasch und geschickt zu Werke. Die Stämme, die Claus mit seiner glänzenden Axt behauen hatte, wurden zu einer Stelle neben dem Bächlein geschleppt und einer über den andern gelegt, und so entstand im Laufe der Nacht ein festes und geräumiges Wohnhaus.

Bei Tagesanbruch kamen die Vögel ins Tal geflogen, und von ihren Liedern, die im tiefen Wald nur selten zu hören sind, erwachte der Fremde. Er rieb sich den Schlaf aus den Augen und sah sich um. Da fiel sein Blick auf das Haus.

»Dafür muss ich den Knooks danken«, sagte er. Dann ging er zu seinem Haus und trat durch die Tür. Vor ihm lag ein großes Zimmer, an einem Ende hatte es einen Kamin, und in der Mitte standen ein Tisch und eine Bank. Neben dem Kamin stand ein Schrank. Daneben befand sich noch eine Tür. Als Claus durch diese trat, sah er eine kleinere Kammer mit einem Bett vor der Wand und einem Schemel neben einem kleinen Waschständer. Auf dem Bett lagen viele Schichten getrockneten Mooses, das vom Wald herbeigeschafft worden war.

»Das ist ja ein richtiger Palast!«, rief Claus lächelnd. »Schon wieder muss ich den guten Knooks danken, weil sie die Bedürfnisse des Menschen kennen und sich mir zuliebe abgerackert haben.«

Er verließ sein neues Zuhause in dem frohen Gefühl, dass er nicht ganz allein in der Welt war, obwohl er doch beschlossen hatte, sein Waldleben aufzugeben. Freundschaften zerbrechen nicht so leicht, und die Unsterblichen sind überall.

Als er zum Bächlein kam, trank er von dem sauberen Wasser, dann setzte er sich ans Ufer und lachte über das übermütige Spiel der Wellen, die einander gegen die Steine drängten oder verzweifelt darum rangelten, welche als Erste die nächste Biegung erreichen würde. Und wie sie so davonstürzten, lauschte er dem Lied, das sie sangen:

»Wie wir alle uns ergießen!
Keine Well' soll sanfter fließen!
Alle sind gut aufgelegt,

Jeder Tropfen aufgeregt.
Spritzen, sprühen, muntres Spiel –
Auf dem Weg zu unserm Ziel!«

Als Nächstes suchte Claus nach essbaren Wurzeln. Dabei wandten ihm die Osterglocken lachend ihre kleinen Äuglein zu und lispelten ihr reizendes Liedchen:

»Schön erblühen, ohne Mühen,
Nie war solcher Blumenreigen!
Feine Düfte füllen die Lüfte,
Wenn wir frohe Farben zeigen!«

Claus musste lachen, als er hörte, wie die kleinen Dinger ihr Glücksgefühl ausdrückten und dabei auf ihren Stängeln anmutig nickten. Doch dann drang eine andere Weise an sein Ohr. Sanft fielen ihm die Sonnenstrahlen ins Gesicht und flüsterten:

»Welche Freude: jeder Strahl
Wärmt den ganzen Tag das Tal!
Welche Wohltat: Labsal geben
Allen Dingen, die da leben!«

»Ach ja!«, rief Claus. »In allen Dingen hier ist Freude und Glück. Das Lachende Tal ist ein Tal des Friedens und des guten Willens.«

Den Tag verbrachte er damit, sich mit Ameisen und Käfern zu unterhalten und mit den flatterhaften Schmetterlingen zu scherzen. Des Nachts ruhte er auf seinem Bett aus weichem Moos und schlief tief und fest.

Dann kamen fröhlich, aber geräuschlos die Elfen herbei und brachten Tiegel, Töpfe, Pfannen und allerlei Gerätschaften, die nötig sind, um Nahrung zuzubereiten und einen Sterblichen zu erquicken. Mit diesen füllten sie Schrank und Kamin. Zum Abschluss legten sie auf den Schemel neben dem Bett einen Anzug aus robuster Wolle.

Als Claus erwachte, rieb er sich abermals freudig die Augen und sprach den Elfen und dem Herrn über die Waldbewohner, der sie gesandt hatte, laut seinen Dank aus. Mit großer Freude nahm er all seine neuen Besitztümer in Augenschein und fragte sich, wofür einige von ihnen wohl verwendet wurden. Doch in den Tagen, als er sich an den Gürtel des Großen Ak geklammert und die Städte der Menschen aufgesucht hatte, hatten seine Augen sich beeilt, all die Sitten und Gebräuche in sich aufzunehmen; daher erriet er anhand der Geschenke, die die Elfen ihm mitgebracht hatten, dass der Gebieter von ihm erwartete, fortan nach Art seiner Mitmenschen zu leben.

»Das heißt, ich muss den Acker pflügen und Korn pflanzen«, dachte er, »damit ich, wenn es Winter wird, Nahrung im Überfluss gesammelt habe.«

Als er jedoch in dem grasbewachsenen Tal stand, merkte er, dass den Acker zu wenden und zu furchen den Tod Hunderter hübscher, hilfloser Blumen sowie Tausender zarter Grashalme bedeuten würde. Und das ertrug er nicht.

Daher breitete er die Arme aus, stieß einen eigentümlichen Pfiff hervor, den er im Wald gelernt hatte, und rief: »Ryls der Feldblumen – kommt herbei!«

Augenblicks kauerte ein Dutzend der seltsamen kleinen Ryls vor ihm auf dem Erdboden und nickte ihm einen heiteren Gruß zu.

Claus blickte sie ernst an.

»Ihr Brüder des Waldes«, sagte er, »seit vielen Jahren kenne und liebe ich euch. Ich werde euch auch weiterhin lieben, da wir Freunde geworden sind. Die Gesetze der Ryls, ob jener des Waldes oder des Feldes, sind mir heilig. Nie habe ich mutwillig eine der Blumen zerstört, die ihr so sorgsam pflegt; aber ich muss Getreide anpflanzen, um es im kalten Winter als Nahrung zu verwenden, doch wie soll ich das anstellen, ohne die kleinen Geschöpfe zu töten, die mir so hübsch von ihren duftenden Blüten vorsingen?«

Da gab der Gelbe Ryl, der die Butterblumen pflegt, zur Antwort: »Sorge dich nicht, Freund Claus. Der Große Ak hat uns von dir erzählt. Für dich gibt es im Leben Besseres zu tun, als dich um Nahrung zu bemühen, und obwohl Ak keine Gewalt über uns hat, da wir nicht vom Walde sind, freuen wir uns doch, einem, den er liebt, gewogen zu sein. Daher lebe, um die guten Werke zu verrichten, die du dir vorgenommen hast. Wir, die Feldryls, werden uns um deine Nahrungsmittelvorräte kümmern.«

Mit dieser Rede waren die Ryls seinen Augen entschwunden, und Claus verscheuchte den Gedanken, den Acker zu bestellen.

Als er zu seinem Haus zurückging, stand eine Schale frischer Milch auf dem Tisch; im Schrank lag Brot, und eine Schüssel daneben war mit süßem Honig gefüllt. Ein hübscher Korb mit rosigen Äpfeln und frisch gepflückten Trauben erwartete ihn. Er rief den unsichtbaren Ryls »Danke, meine Freunde!« zu und begann sofort, von den Speisen zu essen.

Danach brauchte er, wenn ihn hungerte, nur in den Schrank zu schauen, um ansehnliche Vorräte vorzufinden, die die gütigen Ryls herbeigeschafft hatten. Und die Knooks hackten und stapelten viel Holz für seinen Kamin. Und die Elfen brachten ihm warme Decken und Kleidung.

So begann sein Leben im Lachenden Tal mit der Gunst und der Freundschaft der Unsterblichen, die für all seine Bedürfnisse sorgten.

2 Wie Claus sein erstes Spielzeug fertigte

Wahrhaftig, unser Claus verfügte über Weisheit, denn sein Glück bestärkte ihn nur in dem Entschluss, den kleinen Menschenkindern behilflich zu sein. Er wusste, dass die Unsterblichen sein Vorhaben billigten, andernfalls hätten sie ihm nicht so viel Gunst bezeigt.

So begann er auf der Stelle, mit den Menschen Bekanntschaft zu schließen. Er lief durch das Tal zu der Ebene dahinter und durchquerte sie in viele Richtungen, um zu den Häusern der Menschen zu gelangen. Diese standen allein für sich oder in Gruppen, Dörfer genannt, und in fast allen, ob groß oder klein, traf Claus Kinder an.

Den Kleinen war sein fröhlich lachendes Gesicht und der gütige Blick seiner hellen Augen alsbald vertraut; und obwohl die Eltern den jungen Mann dafür verachteten, dass er Kinder mehr als Ältere liebte, waren sie es zufrieden, dass die Mädchen und Jungen einen Gespielen gefunden hatten, der gewillt schien, sie zu amüsieren.

So tollten die Kinder umher und trieben ihren Schabernack mit Claus, die Jungen ritten auf seinen Schultern, die Mädchen schmiegten sich in seine kräftigen Arme, und die Jüngsten umklammerten zärtlich seine Knie. Wo immer der junge Mann sich gerade aufhielt, folgte ihm der Klang von Kinderlachen; und um dies besser zu verstehen, müsst ihr wissen, dass Kinder zu der Zeit sehr vernachlässigt wurden und nur wenig Beachtung von ihren Eltern erfuhren, sodass es ihnen wie ein Wunder erschien, dass ein so anmutiger Mann wie Claus seine Zeit opferte, um sie glücklich zu machen. Und die ihn kannten, waren sehr glücklich, da könnt ihr sicher sein. Endlich einmal hellten die traurigen Mienen der Armen und vom Schicksal Verlassenen sich auf; der Krüppel lächelte trotz seines Ungemachs; die Siechen unterdrückten ihr Stöhnen und die Bekümmerten ihre Schreie, wenn ihr vergnügter Freund zu ihnen kam, um sie zu trösten.

Nur vor dem prächtigen Palast des Lords von Lerd und der düsteren Burg des Barons Braun wurde Claus der Einlass verwehrt. Zwar gab es in beiden Kinder; doch die Palastdiener schlugen dem jungen Fremden die Tür vor der Nase zu, und der grimmige Baron drohte, ihn an einem Eisenhaken im Burggemäuer aufzuhängen. Da seufzte Claus und ging wieder zu den armseligen Hütten, wo er willkommen war.

Nach einer Weile nahte der Winter.

Die Blumen hauchten ihr Leben aus, verblühten und verblassten; die Käfer verkrochen sich tief im warmen Erdreich; die Schmetterlinge zogen sich aus den Wiesen zurück; und die Stimme des Bächleins wurde heiser, als habe es sich erkältet.

Eines Tages füllte die Luft im Lachenden Tal sich mit Schneeflocken, die ausgelassen auf die Erde herabtanzten und das Dach seines Wohnhauses mit einem weißen Gewand überzogen.

In der Nacht klopfte Jack Frost an die Tür.

»Herein!«, rief Claus.

»Heraus!«, entgegnete Jack. »Bei dir brennt doch ein Kaminfeuer.«

Also kam Claus heraus. Er hatte Jack Frost schon im Wald kennengelernt und mochte den lustigen Schelm, auch wenn er ihm misstraute.

»Heute Nacht werde ich seltene Kurzweil haben, Claus!«, rief der Kobold. »Ist das nicht ein herrliches Wetterchen? Vor Tagesanbruch werde ich Hunderte von Nasen, Ohren und Zehen zwacken.«

»Wenn du mich lieb hast, Jack, verschone die Kinder«, bat Claus.

»Warum denn das?«, fragte der andere erstaunt.

»Sie sind so zart und hilflos«, antwortete Claus.

»Aber gerade die Zarten zwacke ich so gern!«, verkündete Jack. »Die Älteren sind zu zäh und ermüden meine Finger.«

»Die Jüngeren sind schwach und können sich nicht wehren«, entgegnete Claus.

»Wohl wahr«, stimmte Jack gedankenvoll zu. »Nun, dann werde ich heute Nacht eben keine Kinder kneifen – falls ich der Versuchung widerstehen kann«, versprach er. »Gute Nacht, Claus!«

»Gute Nacht.«

Der junge Mann ging wieder ins Haus und verschloss die Tür, und Jack Frost eilte weiter zum nächsten Dorf.

Claus warf ein Holzscheit aufs Feuer, das hell aufflackerte. Neben dem Kamin saß Blinkie, eine große Katze, die ihm Peter Knook geschenkt hatte. Ihr Fell war weich und seidig, und ohne Unterlass schnurrte sie Lieder innigsten Behagens.

»Ich werde die Kinder nicht so bald wiedersehen«, sagte Claus zu der Katze, die so freundlich war, ihr Lied zu unterbrechen, um ihm zuzuhören. »Der Winter ist hereingebrochen, viele Tage lang wird tiefer Schnee liegen, und ich werde nicht mit meinen kleinen Freunden spielen können.«

Die Katze hob eine Pfote und strich sich nachdenklich über die Nase, gab aber keine Antwort. Solange das Feuer brannte und Claus in seinem Sessel am Kamin saß, störte das Wetter sie nicht.

So vergingen viele Tage und viele lange Abende. Der Vorratsschrank war stets gefüllt, doch Claus wurde es leid, nichts weiter zu tun zu haben, als das Kaminfeuer mit dem großen Holzstoß zu unterhalten, den die Knooks ihm gebracht hatten.

Eine Abends hob er ein Holzscheit auf und begann, es mit seinem scharfen Messer zu bearbeiten. Anfangs verfolgte er keine andere Absicht, als sich die Zeit zu vertreiben, und während er Teile des Scheits wegschnitzte, pfiff und sang er der Katze etwas vor. Mieze setzte sich auf die Hinterbeine und sah ihm zu, dabei lauschte sie dem fröhlichen Pfeifen ihres Herrchens, das sie noch lieber hörte als ihre eigenen Schnurrgesänge.

Claus warf einen Blick auf Mieze und dann auf das Scheit, das er zurechtschnitzte, bis das Holz plötzlich Form anzunehmen begann, und zwar die Form eines Katzenkopfes mit zwei Ohren, die nach oben ragten.

Claus hörte auf zu pfeifen, weil er lachen musste, und dann betrachteten er und die Katze einigermaßen verblüfft das hölzerne Bildnis. Anschließend schnitzte er die Augen und die Nase und rundete den unteren Teil des Kopfes, sodass er auf einem Hals aufsaß.

Mieze wusste kaum, was sie davon halten sollte, und setzte sich steif auf, als beobachte sie mit einigem Argwohn, was wohl als Nächstes kam.

Claus wusste es schon. Der Kopf gab ihm eine Idee ein. Vorsichtig und geschickt mit seinem Messer hantierend, modellierte er langsam den Körper der Katze, die er auf den Hinterbeinen sitzen ließ, wie die echte Katze es tat. Den Schwanz wand er zwischen ihren Vorderläufen hindurch.

Die Arbeit kostete ihn viel Zeit, doch der Abend war lang, und er hatte nichts Besseres zu tun. Schließlich stieß er, entzückt über das Ergebnis seiner Mühen, ein lautes Lachen aus, und als die hölzerne Katze vollendet war, stellte er sie auf das Kaminsims gegenüber der echten Katze.

Woraufhin Mieze wütend ihr Bildnis anstarrte, zornig das Fell sträubte und trotzig miaute. Die hölzerne Katze schenkte ihr keine Beachtung, und Claus, der sehr belustigt war, musste abermals lachen.

Da wagte Blinkie sich an das hölzerne Bildnis heran, um es aus der Nähe zu beäugen und verständig daran zu schnüffeln: Augen und Nase verrieten ihr, dass das Geschöpf trotz seines natürlichen Aussehens aus Holz war; und so nahm Mieze wieder ihren Sitzplatz ein und setzte ihr Geschnurr fort, doch als sie sich mit ihrer samtweichen Pfote gründlich das Gesicht putzte, warf sie ihrem klugen Herrchen mehr als einen bewundernden Blick zu. Vielleicht empfand sie dieselbe Befriedigung, die wir empfinden, wenn wir gelungene Fotos von uns betrachten.

Auch ihr Herrchen war, ohne zu wissen, warum, mit seiner Hände Arbeit zufrieden. In der Tat hatte er guten Grund, sich zu beglückwünschen, und alle Kinder rund um die Welt hätten in seinen Jubel einstimmen sollen. Denn Claus hatte sein erstes Spielzeug gefertigt.

3 Wie die Ryls die Spielzeuge anmalten

Nun lag Stille über dem Lachenden Tal. Der Schnee deckte es mit einer weißen Decke zu, und weiche Flocken rieselten auf das Haus, in dem Claus das lodernde Feuer unterhielt. Das Bächlein gluckste unter einer schweren Eisschicht, und alle lebenden Pflanzen und Insekten kuschelten sich eng an Mutter Erde, um sich warm zu halten. Das Antlitz des Mondes war von düsteren Wolken verhüllt, und der Wind, der sich aus seinem Wintersport ein Vergnügen machte, wirbelte die Schneeflocken in so viele Richtungen, dass sie gar keine Gelegenheit hatten, zu Boden zu fallen.

Claus hörte den verspielten Wind pfeifen und schrillen, und wieder dankte er den guten Knooks für sein behagliches Obdach. Blinkie putzte sich träge das Gesicht und starrte mit einem Ausdruck vollkommener Zufriedenheit auf die Kohlen. Die Spielzeugkatze saß der echten gegenüber und blickte geradeaus vor sich hin, wie es sich für Spielzeugkatzen gehört.

Plötzlich vernahm Claus ein Geräusch, das anders klang als die Stimme des Windes. Es war eher ein Jammerlaut des Leides und der Verzweiflung.

Er stand auf und lauschte, doch der Wind lärmte immer lauter, schüttelte die Tür und rüttelte die Fenster, um seine Aufmerksamkeit zu erregen. Er wartete, bis der Wind ermüdete, und lauschte abermals. Da hörte er wieder den wimmernden Notruf.

Rasch warf er sich den Mantel über, zog seine Mütze über die Augen und öffnete die Tür. Der Wind fegte herein und verstreute glühende Asche über die Kaminplatte, gleichzeitig blies er so heftig gegen Blinkies Fell, dass sie sich unter dem Tisch verkroch. Dann schloss die Tür sich wieder, und Claus stand im Freien und spähte ängstlich ins Dunkel.

Der Wind lachte und zankte und versuchte, ihn umzustoßen, er aber blieb standhaft. Die hilflosen Flocken wehten ihm in die Augen und trübten seine Sicht, doch er rieb sie weg und schaute umher. Überall lag weiß glitzernder Schnee. Er bedeckte die Erde und erfüllte die Luft.

Der Ruf wiederholte sich nicht.

Claus schickte sich an, wieder ins Haus zu gehen, aber der Wind überraschte ihn, und er strauchelte und stürzte in eine Schneewehe. Dabei berührte er etwas, das kein Schnee war. Dieses Etwas ergriff er, und als er es sachte an sich zog, stellte sich heraus, dass es ein Kind war. Er nahm es in die Arme und trug es ins Haus.

Der Wind wollte ihm durch die Tür folgen, doch Claus sperrte ihn rasch aus. Er legte das gerettete Kind auf die Kaminplatte, und als er den Schnee abbürstete, entdeckte er, dass es Weekum war, ein kleiner Junge, der in einem Haus hinter dem Tal wohnte.

Claus schlug eine warme Decke um den Kleinen und rieb ihm den Frost von den Gliedern. In Kürze schlug das Kind die Augen auf, und als es sah, wo es war, lächelte es froh. Dann wärmte Claus Milch auf und flößte sie dem Jungen langsam ein, während die Katze neugierig zusah. Schließlich rollte sich der Kleine in den Armen seines Freundes zusammen, seufzte und schlief ein, und Claus, glücklich darüber, dass er den Herumirrenden gefunden hatte, bewachte seinen Schlaf.

Der Wind, der kein Unheil mehr anrichten konnte, stieg die Hügel hinan und jagte weiter nach Norden. Dies gab den müden Schneeflocken Zeit, zur Erde herabzurieseln, und im Tal wurde es wieder still.

Der Junge, der gut geschlafen hatte, öffnete die Augen und setzte sich auf. Dann blickte er sich, wie Kinder es tun, im Zimmer um und besah sich alles genau.

»Deine Katze ist aber eine hübsche Katze, Claus«, sagte er schließlich. »Darf ich sie mal halten?«

Aber Mieze protestierte und lief weg.

»Die andere Katze wird nicht weglaufen, Claus«, fuhr der Junge fort. »Darf ich die mal halten?« Claus legte ihm das Spielzeug in die Arme, und der Junge hielt es liebevoll fest und küsste die Spitze seines hölzernen Ohrs.

»Wie hast du dich im Sturm verirrt, Weekum?«, fragte Claus.

»Ich wollte zum Haus meiner Tante und habe mich verlaufen«, antwortete Weekum.

»Hattest du Angst?«

»Es war kalt«, sagte Weekum, »und ich hatte Schnee in den Augen, sodass ich nicht sehen konnte. Da bin ich weitergegangen, bis ich in den Schnee gefallen bin, ohne zu wissen, wo ich war, und der Wind hat mich auch noch mit Flocken bedeckt.«

Claus strich ihm sanft über den Kopf, und der Junge sah zu ihm auf und lächelte.

»Jetzt geht's mir wieder besser«, sagte Weekum.

»Ja«, erwiderte Claus glücklich. »Jetzt stecke ich dich in mein warmes Bett, und du musst bis morgen schlafen, dann bringe ich dich zu deiner Mutter zurück.«

»Darf die Katze bei mir schlafen?«, fragte der Junge.

»Ja, wenn du möchtest«, antwortete Claus.

»Es ist eine hübsche Katze!«, sagte Weekum lächelnd, als Claus ihn warm zudeckte; und gleich darauf schlief der Kleine ein, das hölzerne Spielzeug in den Armen.

Als der Morgen hereinbrach, nahm die Sonne vom Lachenden Tal Besitz und überflutete es mit ihren Strahlen; daher rüstete sich Claus, das verirrte Kind wieder zu seiner Mutter zu bringen.

»Darf ich die Katze behalten, Claus?«, fragte Weekum. »Sie ist hübscher als echte Katzen. Sie läuft nicht weg, sie kratzt nicht, und sie beißt nicht. Darf ich sie behalten?«

»Ja, gerne«, antwortete Claus zufrieden, weil das Spielzeug, das er angefertigt hatte, dem Kind so viel Freude bereitete. So wickelte er den Jungen und die hölzerne Katze in einen warmen Umhang, nahm das Bündel auf seine breiten Schultern, und dann stapfte er durch den Schnee und die Schneewehen des Tales und über die Ebene dahinter zu der armseligen Hütte, in der Weekums Mutter lebte.

»Sieh mal, Mama!«, rief der Junge, kaum dass sie eingetreten waren. »Ich habe eine Katze!«

Die gute Frau vergoss Freudentränen über die Rettung ihres Lieblings und dankte Claus vielmals. So kehrte er heiteren und frohen Herzens zurück ins Tal.

An dem Abend sagte er zu Mieze: »Ich glaube, Kinder lieben hölzerne Katzen fast genauso wie echte, und sie können ihnen nicht wehtun, wenn sie sie am Schwanz oder an den Ohren ziehen. Ich mache noch eine.«

Dies also war der Beginn seines großen Werks.

Die nächste Katze geriet besser als die erste. Wie Claus so dasaß und schnitzte, kam der Gelbe Ryl herein, um ihm einen Besuch abzustatten, und war so erfreut über die Kunstfertigkeit des Mannes, dass er fortlief und mehrere seiner Kumpanen holte.

Da saßen nun der Rote Ryl, der Schwarze Ryl, der Grüne Ryl, der Blaue Ryl und der Gelbe Ryl im Kreis auf dem Fußboden, während Claus schnitzte und vor sich hinpfiff und die hölzerne Katze allmählich Gestalt annahm.

»Wenn sie dieselbe Farbe hätte wie eine echte Katze, würde niemand den Unterschied merken«, sagte der Gelbe Ryl nachdenklich.

»Vielleicht würden die Kleinen den Unterschied nicht merken«, erwiderte Claus, dem die Idee gefiel.

»Ich will dir etwas von dem Rot mitbringen, mit dem ich meine Rosen und Tulpen färbe«, rief der Rote Ryl, »dann kannst du die Lippen und die Zunge der Katze rot anmalen.«

»Ich will dir etwas von dem Grün mitbringen, mit dem

ich meine Gräser und Blätter färbe«, sagte der Grüne Ryl, »dann kannst du die Augen der Katze grün anmalen.«

»Sie brauchen auch ein bisschen Gelb«, bemerkte der Gelbe Ryl. »Ich muss etwas von dem Gelb holen, mit dem ich meine Butterblumen und Goldruten färbe.«

»Die echte Katze ist schwarz«, sagte der Schwarze Ryl. »Ich will dir etwas von dem Schwarz mitbringen, mit dem ich die Augen meiner Stiefmütterchen schwarz färbe, dann kannst du deine hölzerne Katze schwarz anmalen.«

»Ich sehe, dass du ein blaues Band um Blinkies Hals hast«, fügte der Blaue Ryl hinzu. »Ich will etwas von der Farbe mitbringen, mit der ich die Sternhyazinthen und die Vergissmeinnicht anmale, dann kannst du um den Hals der Spielzeugkatze ein hölzernes Band schnitzen und es blau anmalen.«

Damit verschwanden die Ryls, und als Claus die Katzengestalt zu Ende geschnitzt hatte, waren sie alle wieder da, Farben und Pinsel in der Hand.

Sie ließen Blinkie auf dem Tisch sitzen, damit Claus die Spielzeugkatze in den richtigen Farben anmalen konnte, und als die Arbeit getan war, erklärten die Ryls, das Spielzeug sei ebenso gut wie eine lebendige Katze.

»Zumindest allem Anschein nach«, setzte der Rote Ryl hinzu.

Blinkie schien leicht gekränkt von der Aufmerksamkeit, die dem Spielzeug zuteil wurde, und damit es nicht den Anschein hatte, als billige sie die unechte Katze, lief sie zur Kaminecke und ließ sich mit würdevoller Miene nieder.

Claus dagegen war entzückt, und sobald der Morgen hereinbrach, machte er sich auf den Weg und stapfte durch den Schnee, durch das Tal und durch die Ebene, bis er zu einem Dorf gelangte. Dort, in einer armseligen Hütte nahe den Gemäuern des wunderschönen Palasts des Lords von Lerd, lag ein kleines Mädchen in einem erbärmlichen Bettchen und stöhnte vor Schmerzen.

Claus näherte sich dem Kind, küsste und tröstete es, dann zog er die Spielzeugkatze unter seinem Mantel hervor und legte sie dem Mädchen in die Arme.

Wie fühlte er sich belohnt für seine Mühe und seine lange Wanderung, als er sah, wie die Augen der Kleinen vor Freude leuchteten! Sie drückte das Kätzchen an die Brust, als sei es ein kostbarer Edelstein, und wollte es nicht einen Augenblick loslassen. Das Fieber war gestillt, die Schmerzen ließen nach, und sie fiel in einen erquickenden Schlaf.

Claus lachte und pfiff und sang auf dem ganzen Heimweg. Noch nie war er so glücklich gewesen wie an jenem Tag.

Als er sein Haus betrat, wartete Shiegra, die Löwin, auf ihn. Seit seiner Kindheit hatte Shiegra Claus geliebt und ihn, als er noch im Wald wohnte, an Neciles schattigem Plätzchen oft besucht. Nachdem Claus in das Lachende Tal gezogen war, wurde Shiegra einsam und ängstlich, und nun hatte sie den Schneewehen getrotzt, die alle Löwen verabscheuen, um ihn noch einmal wiederzusehen. Shiegra wurde alt, die Zähne begannen ihr auszufallen, und die Haarspitzen an Ohren und Schwanz hatten sich von Gelb-Braun zu Weiß verfärbt.

Sie lag auf seiner Kaminplatte, und Claus schlang die Arme um den Hals der Löwin und drückte sie liebevoll an sich. Die Katze hatte sich in die hinterste Ecke verzogen. Sie pflegte nicht gern Umgang mit Shiegra.

Claus erzählte seiner alten Freundin von den Katzen, die er geschnitzt hatte – wie viel Freude sie Weekum und dem kranken Mädchen bereitet hatten. Shiegra wusste nicht viel von Kindern; ja, wenn sie einem Kind begegnete, konnte man sich nicht darauf verlassen, dass sie es nicht verschlang. Aber Claus' neue Arbeit fesselte sie, und sie sagte: »Diese Bildschnitzereien scheinen mir sehr reizvoll zu sein. Aber ich verstehe nicht, wieso du Katzen schnitzt, die doch ganz unwichtige Tiere sind. Angenommen, nun da ich hier bin, du verfertigst das Bildnis einer Löwin, der Königin aller Tiere. Dann wären deine Kinder wirklich glücklich – und zugleich außer Gefahr!«

Claus fand den Vorschlag gut. Also nahm er ein Stück Holz und wetzte sein Messer, während sich Shiegra zu seinen Füßen kauerte. Mit großer Sorgfalt schnitzte er den Kopf nach dem Ebenbilde der Löwin, bis hin zu den beiden grausigen Fangzähnen, die sich über die Unterlippe bogen, und den tiefen, bedrohlichen Furchen über den weit aufgerissenen Augen.

Als er fertig war, sagte er: »Du siehst furchterregend aus, Shiegra.«

»Dann wird das Bildnis mir gerecht«, antwortete sie, »denn furchterregend bin ich in der Tat für alle, die nicht meine Freunde sind.«

Jetzt schnitzte Claus Shiegras Rumpf, dem ihr langer Schwanz nachschleifte. Das Bildnis der kauernden Löwin war sehr naturgetreu.

»Es gefällt mir«, sagte Shiegra gähnend und streckte anmutig ihren Körper. »Jetzt will ich dir beim Anmalen zusehen.«

Aus dem Schrank holte er die Farben, die die Ryls ihm geschenkt hatten, und malte das Bildnis so an, dass es der echten Shiegra ähnelte.

Die Löwin legte ihre großen, weichen Tatzen auf die Tischkante und und zog sich daran hoch, um ihr Ebenbild eingehend zu betrachten.

»Du hast wirklich Geschick!«, sagte sie stolz. »Das wird den Kindern bestimmt besser gefallen als Katzen.«

Dann fauchte sie Blinkie an, die vor lauter Schreck einen Buckel machte und furchtsam maunzte, und ging mit würdevollen Schritten nach Hause zu ihrem Wald.

4 Wie die kleine Mayrie es mit der Angst zu tun bekam

Der Winter war jetzt vorbei, das Lachende Tal von freudiger Erregung erfüllt. Das Bächlein war froh, wieder vom Eise befreit zu sein, gluckerte ausgelassener denn je dahin und klatschte so unbekümmert gegen die Steine, dass Gischtschauer in die Luft sprühten. Durch die Matte abgestorbener Stängel, unter der es sich vom Schnee verborgen hatte, stieß das Gras seine scharfen kleinen Halme nach oben; die Blumen aber waren zu schüchtern, um sich schon zu zeigen, obgleich die Ryls emsig ihre Wurzeln fütterten. Die Sonne war ausgesprochen guter Laune und sandte ihre Strahlen fröhlich tanzend durch das Tal.

Eines Tages, als Claus gerade zu Abend aß, hörte er ein zaghaftes Pochen an der Tür.

»Herein!«, rief er.

Niemand trat ein, doch nach einer Pause klopfte es abermals.

Claus sprang hoch und stieß die Tür auf. Vor ihm stand ein kleines Mädchen, das einen noch kleineren Bruder an der Hand hielt.

»Bist du Tlaus?«, fragte sie scheu.

»Der bin ich in der Tat, meine Kleine!«, antwortete er lachend und nahm beide Kinder in die Arme. »Herzlich willkommen, ihr kommt gerade noch rechtzeitig zum

Abendessen.« Er führte sie zum Tisch und setzte ihnen frische Milch und Nusskuchen vor. Als sie genug gegessen hatten, fragte er: »Warum habt ihr diese lange Reise unternommen, um mich zu sehen?«

»Ich will eine Tatze!«, erwiderte die kleine Mayrie; und ihr Bruder, der noch nicht viele Wörter beherrschte, nickte mit dem Kopf und rief wie ein Echo: »Tatze!«

»Ach, ihr wollt meine Spielzeugkatzen, ja?«, erwiderte Claus, der sich sehr darüber freute, dass seine Schöpfungen bei den Kindern so beliebt waren.

Die kleinen Besucher nickten eifrig.

»Leider habe ich im Augenblick nur eine Katze fertig«, fuhr er fort, »denn zwei habe ich gestern Kindern in der Stadt gebracht. Und die eine, die ich noch habe, werde ich deinem Bruder schenken, Mayrie, weil er der Kleinere ist; aber die nächste, die ich schnitze, wird für dich sein.«

Der Junge lächelte strahlend, als er das kostbare Spielzeug entgegennahm, das Claus ihm hinhielt; doch die kleine Mayrie bedeckte ihr Gesicht mit dem Arm und fing bitterlich an zu schluchzen.

»Ich – ich – ich will aber jetzt eine T – T – Tatze!«, jammerte sie.

Ihre Enttäuschung machte Claus einen Augenblick lang traurig. Dann fiel ihm plötzlich Shiegra ein.

»Nicht weinen, Schätzchen!«, sagte er besänftigend, »ich habe ein Spielzeug, das viel schöner ist als eine Katze, das sollst du haben.«

Er ging zum Schrank, holte das Bildnis der Löwin heraus und stellte es vor Mayrie auf den Tisch.

Das Mädchen hob den Arm und warf einen Blick auf die grausigen Fangzähne und die grimmigen Augen der Bestie, dann stieß sie einen Schrei des Entsetzens aus und stürzte aus dem Haus. Der Junge folgte ihr, auch er schrie aus Leibeskräften und ließ in seiner Angst sogar seine kostbare Katze fallen.

Claus stand einen Moment regungslos da. Er war verwirrt und verwundert. Dann warf er Shiegras Bildnis in den Schrank, rannte hinter den fliehenden Kindern her und rief ihnen zu, nicht zu erschrecken.

Die kleine Mayrie blieb stehen, und ihr Bruder hängte sich an ihren Rock; beide aber warfen dem Haus bange Blicke zu, bis Claus ihnen viele Male versichert hatte, dass die Bestie in den Schrank eingeschlossen sei.

»Warum habt ihr solche Angst?«, fragte er. »Es ist doch nur ein Spielzeug!«

»Aber ein schlechtes!«, sagte Mayrie entschieden. »Und – und – einfach scheußlich, kein bisschen hübsch, so wie Tatzen!«

»Vielleicht hast du ja recht«, gab Claus nachdenklich zurück. »Aber wenn du mit mir ins Haus zurückkehrst, werde ich dir bald eine hübsche Katze machen.«

Zaghaft betraten sie wieder das Haus, weil sie den Worten ihres Freundes vertrauten; und schauten dann mit Freude Claus dabei zu, wie er aus einem Stück Holz eine Katze schnitzte und sie anmalte. Dafür brauchte er nicht lange, denn inzwischen ging er mit seinem Messer sehr geschickt um, und Mayrie hatte ihr Spielzeug umso lieber, als sie gesehen hatte, wie es hergestellt wurde.

Nachdem sich seine kleinen Besucher auf den Heimweg gemacht hatten, saß Claus noch lange tief in Gedanken versunken da. Und dann beschloss er, dass so wilde Geschöpfe wie seine Freundin, die Löwin, als Vorbilder für sein Spielzeug nicht taugten.

»Es darf nichts geben, was die lieben Kleinen verängstigt«, sinnierte er. »Auch wenn ich Shiegra gut kenne und keine Angst vor ihr habe, ist es doch nur natürlich, dass Kinder ihr Bildnis voller Schrecken betrachten. Fortan werde ich mir so freundlich gestimmte Tiere wie Eichhörnchen und Kaninchen und Rehe und Lämmer vornehmen, um mein Spielzeug zu schnitzen, denn die werden die Kleinen lieben, statt sie zu fürchten.«

Noch am selben Tag begann er mit seiner Arbeit, und vor dem Schlafengehen hatte er ein hölzernes Kaninchen und ein hölzernes Lamm angefertigt. Sie waren nicht ganz so naturgetreu wie die Katzen, da er sie aus dem Gedächtnis geformt hatte, während ihm Blinkie ganz still Modell gesessen hatte.

Die neuen Spielzeuge gefielen den Kindern aber trotzdem, und Claus' Ruhm verbreitete sich rasch bis zu jeder Hütte in Ebene und Dorf. Unter kranken oder verkrüppelten Kindern verteilte er seine Geschenke immer selbst, doch wer kräftig genug war, ging zu Fuß zu dem Haus im Tal, um nach ihnen zu fragen, sodass von der Ebene bald ein schmaler Trampelpfad zur Tür des Spielzeugmachers führte.

Erst kamen die Kinder, die Claus' Spielgefährten gewesen waren, bevor er Spielzeug herzustellen begann. Diese wurden, da könnt ihr sicher sein, gut versorgt. Danach hörten auch Kinder, die weiter entfernt wohnten, von den wunderbaren Bildnissen und machten sich auf den Weg ins Tal. Alle Kleinen waren willkommen, und niemand ging mit leeren Händen davon.

Die Nachfrage nach seinem Handwerk nahm Claus ganz in Anspruch, aber er war sehr glücklich, wusste er doch, dass er so vielen Kindern Vergnügen machte. Seine Freunde, die Unsterblichen, freuten sich an seinem Erfolg und unterstützten ihn furchtlos.

Die Knooks wählten glatte Stücke Weichholz für ihn

aus, damit sein Messer nicht stumpf wurde; die Ryls belieferten ihn mit Farben aller Art und mit Pinseln, die aus den Spitzen von Wiesenlieschgräsern hergestellt waren; die Elfen erkannten, dass ein Handwerker Sägen, Meißel, Hämmer, Nägel und auch Messer benötigt, und brachten ihm eine ansehnliche Menge solcher Werkzeuge.

Bald verwandelte Claus sein Wohnzimmer in eine herrliche Werkstatt. Vor dem Fenster baute er sich eine Werkbank und ordnete seine Werkzeuge und seine Farben so an, dass er auf seinem Schemel bequem nach allem greifen konnte. Und als er eine Spielfigur nach der anderen vollendete, um die Herzen der kleinen Kinder zu entzücken, wurde er so frohgemut und glücklich, dass er den ganzen Tag über sang, lachte und pfiff.

»Das liegt daran, dass ich im Lachenden Tal lebe, wo auch alles andere lacht!«, sagte Claus.

Aber das war nicht der Grund.

5 Wie die Unbeschwerte Bessie ins Lachende Tal kam

Eines Tages, als Claus vor seiner Tür saß und den Sonnenschein genoss, während er fleißig Kopf und Geweih eines Spielzeugrehs schnitzte, entdeckte er einen glitzernden Reiterzug, der sich durchs Tal näherte.

Als die Reiter herankamen, sah er, dass die Schar aus zwanzig Kriegern bestand, die in schimmernde Rüstungen gehüllt waren und Lanzen und Streitäxte in den Händen trugen. Vorneweg ritt die Unbeschwerte Bessie, die hübsche Tochter des stolzen Lords von Lerd, der Claus einst aus seinem Palast vertrieben hatte. Ihr Zelter war schneeweiß, das Zaumzeug mit funkelnden Edelsteinen besetzt und der Sattel mit einem reich bestickten goldenen Tuch drapiert. Die Soldaten waren entsandt worden, sie vor Schaden zu bewahren, solange sie auf Reisen war.

Claus war überrascht, fuhr aber fort zu schnitzen und zu singen, bis der Reiterzug vor ihm haltmachte. Da beugte sich das kleine Mädchen über den Hals ihres Zelters und sagte: »Bitte, Mr Claus, ich möchte ein Spielzeug!«

Ihre Stimme klang so flehentlich, dass Claus sofort aufsprang und sich neben sie stellte. Aber es bereitete ihm Kopfzerbrechen, wie er auf ihre Bitte antworten sollte.

»Du bist die Tochter eines reichen Lords«, sagte er, »und hast alles, was dein Herz begehrt.«

»Nur kein Spielzeug«, erwiderte Bessie. »Auf der ganzen Welt gibt's kein Spielzeug außer deinem.«

»Aber das stelle ich doch für die armen Kinder her, die sonst nichts haben, woran sie sich erfreuen können«, entgegnete Claus.

»Spielen arme Kinder etwa lieber mit Spielzeug als reiche?«, fragte Bessie.

»Vermutlich nicht«, sagte Claus gedankenvoll.

»Bin ich vielleicht schuld daran, dass mein Vater ein Lord ist? Soll ich etwa auf hübsches Spielzeug verzichten, nur weil andere Kinder ärmer sind als ich?«, erkundigte sie sich ernsthaft.

»Ich fürchte, ja, mein Schatz«, antwortete er, »denn die Armen haben ja sonst nichts, womit sie spielen können. Du hast dein Pony, auf dem du reiten kannst, Diener, die dir aufwarten, und jeden Komfort, zu dem dir Geld verhelfen kann.«

»Ich will aber Spielzeug!«, rief Bessie und wischte sich die Tränen ab, die ihr in die Augen traten. »Wenn ich es nicht bekomme, werde ich sehr unglücklich sein.«

Claus war beunruhigt, denn ihr Kummer rief ihm sein Vorhaben in Erinnerung, alle Kinder ungeachtet ihrer Lebensverhältnisse glücklich zu machen. Solange jedoch so viele arme Kinder nach seinem Spielzeug verlangten, konnte er es nicht ertragen, eins davon Bessie zu geben, die schon so vieles besaß, das sie glücklich machte.

»Hör zu, mein Kind«, sagte er sanft, »alle Spielzeuge, die ich gerade anfertige, sind bereits anderen versprochen. Aber das nächste soll dir gehören, weil dein Herz sich so danach sehnt. Komm in zwei Tagen wieder zu mir, und es wird für dich bereitliegen.«

Bessie stieß einen Freudenschrei aus, beugte sich über den Hals ihres Ponys und gab Claus einen Kuss auf die Stirn. Dann rief sie ihre Krieger herbei und ritt fröhlich davon, und Claus nahm seine Arbeit wieder auf.

»Wenn ich die reichen Kinder ebenso versorgen soll wie die armen«, dachte er, »werde ich das ganze Jahr über keine freie Stunde mehr haben! Aber ist es überhaupt recht, auch den Reichen zu geben? Ich muss wohl zu Necile gehen und die Angelegenheit mit ihr bereden.«

So ging er denn, nachdem er das Spielzeugreh fertiggestellt hatte – es ähnelte ganz einem Reh, dem er auf den Lichtungen des Waldes begegnet war –, nach Burzee und nahm den Weg zu dem schattigen Plätzchen seiner Pflegemutter.

Necile begrüßte ihn zärtlich und liebevoll und lauschte mit großer Anteilnahme seiner Geschichte vom Besuch Bessies.

»Und jetzt rate mir«, sagte er, »soll ich auch den reichen Kindern Spielzeug schenken?«

»Wir vom Walde verstehen nichts von Reichtümern«, erwiderte sie. »Mir scheint, ein Kind ist wie das andere, da sie alle aus dem gleichen Lehm erschaffen worden sind, und Reichtümer sind wie ein Gewand, das man überziehen oder abstreifen kann, ohne dass das Kind selbst sich verändert. Doch die Elfen sind die Hüter der Menschen und kennen sich mit sterblichen Kindern besser aus als ich. Lass uns die Elfenkönigin rufen.«

So geschah es. Die Königin der Elfen setzte sich zu ihnen und hörte Claus zu, wie er Gründe aufzählte, warum seiner Meinung nach reiche Kinder ohne sein Spielzeug zurechtkommen könnten, und außerdem wiedergab, was die Nymphe dazu gesagt hatte.

»Necile hat recht«, erklärte die Königin, »denn ganz gleich, ob ein Kind reich ist oder arm – sie alle sehnen sich nach hübschem Spielzeug. Das Herz der reichen Bessie kann ebenso viel Kummer leiden wie das der armen Mayrie; sie kann ebenso einsam und unzufrieden sein, und ebenso frohgemut und glücklich. Ich denke, Freund Claus, es ist deine Pflicht, alle Kleinen zu erfreuen, ob sie nun in Palästen leben oder in Hütten.«

»Deine Worte sind weise, schöne Königin«, erwiderte Claus, »und mein Herz sagt mir, dass sie ebenso gerecht sind wie weise. Von nun an mögen alle Kinder meine Dienste in Anspruch nehmen.«

Damit verbeugte er sich vor der anmutigen Elfe, küsste sie und wanderte zurück sein Tal.

Am Bächlein verweilte er, um zu trinken. Er setzte sich ans Ufer, nahm einen Klumpen feuchten Lehms und dachte nach, was für ein Spielzeug er für die Unbeschwerte Bessie anfertigen sollte. Er merkte gar nicht, dass seine Finger den Lehm in eine bestimmte Form kneteten, bis er nach unten sah und entdeckte, dass er unwillkürlich einen Kopf modelliert hatte, der eine gewisse Ähnlichkeit mit Neciles aufwies!

Da wurde er sofort tätig. Er klaubte noch mehr Lehm

vom Ufer und trug ihn in sein Haus. Dort verwandelte er den Lehm mit Hilfe eines Messers und eines Holzstücks in das Bildnis einer Nymphe. Mit geschickten Strichen kämmte er ihr lang herabwallendes Haar auf den Kopf und bedeckte den Körper mit einem Kleid aus Eichenblättern, während er die Füße, die unter dem Kleid herausragten, mit Sandalen versah.

Doch der Lehm war weich, und Claus stellte fest, dass er sachte mit ihm umgehen musste, wenn er seine schöne Arbeit nicht verderben wollte.

»Vielleicht werden die Sonnenstrahlen die Feuchtigkeit herausziehen und den Lehm härten«, dachte er. So stellte er das Bildnis auf ein flaches Brett und legte dieses in die grelle Sonne.

Danach ging er zu seiner Werkbank und begann, das Spielzeugreh anzumalen, und bald war er so in seine Arbeit vertieft, dass er die Lehmnymphe ganz vergaß. Doch am nächsten Morgen, als er sie zufällig auf dem Brett liegen sah, merkte er, dass die Sonne sie steinhart gebacken hatte und dass sie fest genug war, um sie gefahrlos handhaben zu können.

Jetzt bemalte Claus die Nymphe mit großer Sorgfalt nach Neciles Ebenbild, gab ihr tiefblaue Augen, weiße Zähne, rosige Lippen und rötlich-braunes Haar. Das Kleid malte er eichenlaubgrün an, und als die Farbe getrocknet war, zeigte sich Claus von der neuen Figur selbst ganz bezaubert. Natürlich war sie nicht annähernd so lieblich wie die echte Necile; aber wenn er bedachte, aus welchem Material sie gefertigt war, fand er sie doch sehr schön.

Als Bessie am nächsten Tag auf ihrem weißen Zelter zu seinem Haus geritten kam, überreichte ihr Claus das Spielzeug. Die Augen des kleinen Mädchens glänzten mehr denn je, als sie das hübsche Bildnis betrachtete. Sie schloss es sogleich ins Herz und drückte es fest an die Brust, wie eine Mutter ihr Kind.

»Wie heißt sie, Claus?«, fragte sie.

Claus wusste, dass Nymphen es nicht gerne hören, wenn Sterbliche über sie reden; daher durfte er Bessie nicht verraten, dass er ihr ein Bildnis von Necile geschenkt hatte. Da es jedoch ein neues Spielzeug war, zermarterte er sich das Hirn, um einen anderen Namen zu finden, den er ihm geben könnte, und beschloss, dass das erste Wort, das ihm einfiele, geeignet wäre.

»Sie heißt Püppchen«, sagte er zu Bessie.

»Ich werde sie mein Baby nennen«, erwiderte Bessie und küsste es zärtlich, »und werde es pflegen und mich darum kümmern, so wie mein Kindermädchen sich um mich kümmert. Ich danke dir sehr, Claus; dein Geschenk hat mich glücklicher gemacht, als ich es je gewesen bin!«

Dann ritt sie davon, das Spielzeug an sich gepresst, und als Claus ihre Freude wahrnahm, nahm er sich vor, ein weiteres Püppchen anzufertigen, vollkommener und natürlicher als das erste.

Er holte noch mehr Lehm vom Bächlein, und da er sich daran erinnerte, dass Bessie das Püppchen ihr Baby genannt hatte, entschloss er sich, dieses nach dem Ebenbild eines Babys zu formen. Für einen geschickten Arbeiter war dies keine schwierige Aufgabe, und bald lag die Babypuppe zum Trocknen in der Sonne. Danach begann er, aus dem übrig gebliebenen Lehm ein Bildnis der Unbeschwerten Bessie selbst zu formen.

Das war gar nicht so leicht, denn wie er merkte, konnte er das seidene Kleid der Tochter des Lords nicht aus gewöhnlichem Lehm verfertigen. So rief er die Elfen zu Hilfe und bat sie, ihm gefärbte Seide zu bringen, aus der er dem Lehmbild ein richtiges Kleid schneidern konnte. Ungesäumt begaben sich die Elfen auf ihren Botengang und kehrten noch vor Einbruch der Nacht mit einem reichlichen Vorrat an Seide, Spitze und goldenem Zwirn zurück.

Claus konnte es kaum erwarten, sein neues Püppchen zu vollenden, und statt die Sonne des nächsten Tages abzuwarten, legte er das Lehmbild auf die Kaminplatte und bedeckte es mit glühenden Kohlen. Als er das Püppchen anderntags aus der Asche zog, war es so hart gebacken, als hätte es einen ganzen Tag lang in der heißen Sonne gelegen.

Nun war unser Claus also auch Schneider geworden, nicht nur Spielzeugmacher. Er schnitt die lavendelblaue Seide zurecht und nähte sie geschickt zu einem schönen Kleid zusammen, das dem neuen Püppchen genau passte. Am Hals brachte er einen Spitzenkragen an, und über die Füße streifte er rosa Seidenschuhe. Die Farbe gebackenen Lehms ist hellgrau, aber Claus bemalte das Gesicht so, dass es typische Hautfarbe hatte, und verlieh dem Püppchen Bessies braune Augen, goldene Haare und rosige Wangen.

Wirklich, es war hübsch anzusehen und würde einem Kinderherzen sicherlich Freude bereiten. Während Claus es noch bewunderte, hörte er ein Klopfen an der Tür, und die kleine Mayrie trat ein. Ihr Gesicht war traurig, ihre Augen rot verweint.

»Nanu, was betrübt dich, mein Schatz?«, fragte Claus und nahm das Kind in die Arme.

»Ich – ich – ich hab meine Tatze puttemacht!«, schluchzte Mayrie.

»Ja, wie das denn?«, erkundigte er sich mit verschmitztem Augenzwinkern.

»Ich – ich hab sie fallen lassen und ihren Schwanz abgeblochen; und – und – dann hab ich sie fallen lassen und ihr Ohr abgeblochen! Und – und jetzt ist sie hin!«

Claus lachte.

»Macht doch nichts, liebe Mayrie«, sagte er. »Wie würde dir statt einer Katze dieses neue Püppchen gefallen?«

Mayrie blickte auf das in Seide gewandete Püppchen, und ihre Augen weiteten sich vor Staunen.

»Oh, Tlaus!«, rief sie und patschte vor Begeisterung in ihre kleinen Hände. »Tann ich die schöne Dame haben?«

»Gefällt sie dir?«, fragte er.

»Ich liebe sie!«, sagte sie. »Die ist schöner als Tatzen!«

»Dann nimmt sie, Schatz, und pass auf, dass du sie nicht zerbrichst.«

Mayrie nahm das Püppchen nahezu ehrfürchtig an sich, und als sie den Heimweg antrat, strahlte sie vor Freude.

6 Die Bosheit der Awgwas

Nun muss ich euch etwas über die Awgwas erzählen, jene furchterregende Gattung von Geschöpfen, die unserem gutem Claus so viel Scherereien machte und der es beinahe gelungen wäre, die Kinder der Welt ihres frühesten und besten Freundes zu berauben.

Ich erwähne die Awgwas nicht gern, doch sind sie Teil dieser Geschichte und können nicht einfach übergangen werden. Sie waren weder Sterbliche noch Unsterbliche, sondern standen auf halbem Wege zwischen diesen beiden Gruppen von Wesen. Für gewöhnliche Menschen waren die Awgwas unsichtbar, nicht aber für die Unsterblichen. Durch die Lüfte konnten sie rasch von einem Teil der Welt zum anderen gelangen und besaßen die Macht, den Sinn der Menschen dahingehend zu beeinflussen, dass sie ihrem bösen Willen folgten.

Sie waren von riesigem Wuchs und hatten grobe, finstere Gesichter, die nur allzu deutlich ihren Hass auf die gesamte Menschheit verrieten. Sie hatten überhaupt kein Gewissen und fanden nur an bösen Taten Gefallen.

Sie waren in felsigen, gebirgigen Stätten zu Hause, von wo sie sich aufmachten, um ihre bösen Absichten zu verfolgen.

Derjenige unter ihnen, der sich die verruchteste Tat für sie ausdenken konnten, wurde stets zum König der Awgwas gewählt, und alle folgten seinem Befehl. Mitunter wurden diese Geschöpfe hundert Jahre alt, meist aber stritten sie auch untereinander so grimmig, dass viele im Kampfe vernichtet wurden, und wenn sie starben, bedeutete dies ihr Ende. Die Sterblichen vermochten ihnen nichts anzuhaben, die Unsterblichen erschauderten, wenn die Awgwas erwähnt wurden, und suchten sie stets zu meiden. So gediehen sie viele Jahre lang ungehindert und vollbrachten viel Böses.

Ich kann euch versichern, dass diese scheußlichen Geschöpfe längst zugrunde gegangen und von der Erde vertilgt sind; doch zu der Zeit, als Claus seine ersten Spielzeuge anfertigte, waren sie ein zahlreicher und mächtiger Stamm.

Einer der wichtigsten Zeitvertreibe der Awgwas bestand darin, in den Herzen kleiner Kinder zornige Leidenschaften zu entfachen, sodass sie miteinander zankten und kämpften. Sie verleiteten Jungen dazu, unreifes Obst zu essen, und freuten sich an dem Bauchgrimmen, unter dem diese dann litten; sie drängten die kleinen Mädchen, ihren Eltern nicht zu gehorchen, und lachten, wenn die Kinder bestraft wurden. Ich weiß nicht, was heutzutage ein Kind dazu bringt, böse zu sein, doch als die Awgwas noch auf Erden weilten, standen böse Kinder gewöhnlich unter ihrem Einflusss.

Indem nun Claus die Kinder glücklich zu machen begann, schützte er sie vor der Macht der Awgwas; denn Kinder, die so hübsche Spielsachen besaßen, wie er sie verschenkte, verspürten nicht den Wunsch, den bösen Eingebungen zu folgen, die die Awgwas in ihre Seelen hineinzusenken versuchten.

Eines Jahres begab es sich, dass der frevlerische Stamm sich einen neuen König wählen sollte. Dafür suchten sie einen der Ihren aus, der vorgeschlagen hatte, Claus zu vernichten und ihn den Kindern wegzunehmen.

»Wie ihr wisst, gibt es weniger böse Kinder in der Welt, seit Claus ins Lachende Tal gekommen ist und begonnen hat, diese Spielsachen anzufertigen«, sagte der neue König, als er auf einem Felsen hockte und die finsteren Mienen seiner Leute musterte. »Diesen Monat hat die Unbeschwerte Bessie nicht ein Mal mit dem Fuß aufgestampft, Mayries Bruder hat seiner Schwester keine Ohrfeige verpasst und das Hündchen nicht in die Regentonne geworfen. Gestern Abend hat der kleine Weekum ein Bad genommen, ohne zu quengeln oder sich zu sträuben, weil seine Mutter ihm versprochen hatte, er könne seine Spielzeugkatze mit ins Bett nehmen! An derlei Zustände mag ein Awgwa nur mit Schrecken denken, und wir können die Kinder nur dann zu bösen Taten anstiften, wenn wir ihnen diesen Claus wegnehmen.«

»Gut! Sehr gut!«, riefen die großen Awgwas im Chor und klatschten in die Hände, um der Rede des Königs zu applaudieren.

»Aber was wollen wir mit ihm anstellen?«, fragte eines der Geschöpfe.

»Ich habe einen Plan«, erwiderte der böse König; und worin sein Plan bestand, werdet ihr bald herausfinden.

An jenem Abend ging Claus überglücklich zu Bett, denn im Laufe des Tages hatte er vier hübsche Spielzeuge fertiggestellt, und die würden mindestens vier Kinder glücklich machen. Doch während er schlief, umzingelte ein Trupp unsichtbarer Awgwas sein Bett, fesselte ihn mit dicken Stricken, und dann flogen sie mit ihm in die tiefsten Tiefen eines düsteren Waldes im fernen Ethop, wo sie ihn absetzten und zurückließen.

Als der Morgen dämmerte, befand sich Claus Tausende von Meilen von jedem Menschenwesen entfernt – ein Gefangener im wilden Dschungel eines unbekannten Landes.

Von einem Baumast über seinem Kopf hing eine riesige Pythonschlange, eines jener Reptilien, die einem Menschen die Knochen zermalmen können, wenn sie sich um ihn wickeln. Wenige Meter weiter kauerte ein wilder Panther, die roten Augen wütend auf den hilflosen Claus geheftet. Eine jener grässlichen gefleckten Spinnen, deren Biss tödlich ist, kroch über die verfilzten Blätter, die bei ihrer Berührung dahinwelkten und sich schwarz verfärbten, heimlich auf ihn zu.

Aber Claus war in Burzee aufgezogen worden und fürchtete sich nicht.

»Kommt herbei, ihr Knooks des Waldes!«, rief er und stieß den eigentümlichen leisen Pfiff aus, der den Knooks vertraut ist.

Der Panther, der seine Beute eben anspringen wollte, wandte sich ab und schlich davon. Die Pythonschlange schwang sich in den Baum und verschwand in seinem Blattwerk. Die Spinne hielt in ihrem Vormarsch inne und versteckte sich unter einem verfaulenden Baumstamm.

Claus hatte keine Zeit, sie zu beachten, denn er sah sich von einer Gruppe grobgesichtiger Knooks umstellt, buckliger und missgestalteter, als er je gesehen hatte.

»Wer bist du, dass du uns rufst?«, fragte einer mit barscher Stimme.

»Der Freund eurer Brüder in Burzee«, antwortete Claus. »Ich bin von meinen Widersachern, den Awgwas, verschleppt worden und soll hier elend verderben. Doch jetzt flehe ich euch um Hilfe an: Befreit mich und schickt mich wieder nach Hause.«

»Kennst du das Zeichen?«, fragte ein anderer.

»Ja«, sagte Claus.

Da zerschnitten sie seine Fesseln, und mit den Armen machte er das geheime Zeichen der Knooks.

Sogleich halfen sie ihm, sich aufzurichten, und brachten ihm etwas zu essen und zu trinken, damit er sich kräftige.

»Unsere Brüder in Burzee haben seltsame Freunde«, murrte ein uralter Knook, dessen wallender Bart schneeweiß war. »Doch wer unser geheimes Zeichen kennt, hat Anspruch auf unseren Beistand, wer immer er sei. Schließe die Augen, Fremder, und wir werden dich nach Hause geleiten. Wo finden wir dein Zuhause?«

»Im Lachenden Tal«, antwortete Claus und schloss die Augen.

»Es gibt in der bekannten Welt nur ein Lachendes Tal, da können wir uns also nicht verirren«, bemerkte der Knook.

Noch während er sprach, schien seine Stimme zu ersterben, daher schlug Claus die Augen auf, um zu sehen, was die Veränderung hervorgerufen hatte. Zu seinem Erstaunen saß er auf der Bank vor seiner eigenen Tür, und vor ihm breitete sich das Lachende Tal aus. An jenem

Tag suchte er die Waldnymphen auf und berichtete Königin Zurline und Necile von seinem Abenteuer.

»Die Awgwas sind dir zu Feinden geworden«, sagte die liebliche Königin nachdenklich, »deshalb müssen wir alles tun, um dich vor ihrer Macht zu schützen.«

»Es war feige, ihn im Schlaf zu fesseln«, bemerkte Necile entrüstet.

»Die Bösen sind stets feige«, antwortete Zurline, »aber der Schlaf unseres Freundes soll nicht wieder gestört werden.«

An jenem Abend kam die Königin selbst zu Claus' Wohnhaus und drückte auf jede Tür und jedes Fenster ihr Siegel, um die Awgwas fernzuhalten. Und unter das Siegel Königin Zurlines wurde das Siegel der Elfen, das Siegel der Ryls und das Siegel der Knooks gedrückt, damit der Zauber besser wirkte.

Und Claus brachte den Kindern weiterhin seine Spielzeuge und machte viele von den Kleinen glücklich.

Dreimal dürft ihr raten, wie wütend der König der Awgwas und seine grimmige Bande waren, als sie erfuhren, dass Claus aus dem Wald von Ethop entflohen war.

Eine ganze Woche lang tobten sie wie von Sinnen, dann hielten sie zwischen den Felsen eine weitere Zusammenkunft ab.

»Es ist sinnlos, ihn dorthin zu bringen, wo die Knooks regieren«, sagte der König, »denn er genießt ihren Schutz. Wir wollen ihn in eine Höhle in unseren Bergen werfen, wo er gewiss zugrunde gehen wird.«

Dem stimmten alle unverzüglich zu, und an jenem Abend brach die verruchte Bande erneut auf, um Claus zu ergreifen. Sie mussten jedoch feststellen, dass sein Haus durch die Siegel der Unsterblichen geschützt war, und kehrten unverrichteter Dinge zurück.

»Macht nichts«, sagte der König, »er schläft ja nicht immer!«

Als Claus tags darauf durch die Ebene zum Dorf wanderte, wo er einem lahmen Jungen ein Spielzeugeichhörnchen überreichen wollte, fielen plötzlich die Awgwas über ihn her, packten ihn und verschleppten ihn in die Berge.

Dort warfen sie ihn in eine tiefe Höhle und wälzten zahlreiche große Felsen vor den Eingang, um ihn an der Flucht zu hindern.

Allen Lichts und aller Nahrung beraubt, mit nur wenig Luft zum Atmen, war unser Claus in einer wirklich bedauernswerten Lage. Aber er sprach die mystischen Worte, die den freundlichen Beistand der Elfen einfordern, und diese kamen ihm zu Hilfe und trugen ihn in einem Wimpernschlag ins Lachende Tal.

So entdeckten die Awgwas, dass sie jemanden, der die Freundschaft der Unsterblichen gewonnen hat, nicht vernichten können; daher suchte die verruchte Bande nach anderen Mitteln, wie sie Claus daran hindern konnte, die Kinder zu beschenken.

Wann immer Claus aufbrach, um den Kleinen seine Spielsachen zu bringen, lauerte ihm ein Awgwa auf und entriss ihm das Spielzeug. Und wenn er untröstlich heimkehren musste, waren die Kinder ebenso enttäuscht wie Claus. Dennoch harrte er aus, fertigte weiter Spielzeug für seine kleinen Freunde an und brach mit diesen zu den Dörfern auf. Doch kaum hatte er das Tal verlassen, raubten die Awgwas ihn aus.

Sie warfen die gestohlenen Spielsachen in eine ihrer einsamen Höhlen, und es sammelte sich ein gehöriger Stapel Spielzeug an, bevor Claus sich entmutigen ließ und alle Versuche aufgab, das Tal zu verlassen. Als die Kinder merkten, dass er nicht mehr zu ihnen kam, begannen sie, zu ihm zu kommen; doch die bösen Awgwas flogen um sie her und machten, dass ihre Schritte erlahmten und die Pfade krumm wurden, sodass kein kleines Kind mehr den Weg ins Lachende Tal fand.

Jetzt waren einsame Tage sein Los, blieb Claus doch das Vergnügen versagt, den Kindern, die er lieben gelernt hatte, Freude zu machen. Doch er ertrug es tapfer, denn er dachte, irgendwann einmal werde bestimmt die Zeit kommen, da die Awgwas auf ihre bösen Pläne, ihm zu schaden, verzichten würden.

Er widmete alle seine Stunden der Herstellung von Spielzeug, und wenn eine Figur fertig war, stellte er sie in ein Regal, das er eigens für diesen Zweck gebaut hatte. War das Regal mit Reihen von Spielzeugen angefüllt, so baute er ein anderes und füllte auch dieses. Mit der Zeit hatte er viele Regale mit farbenfrohem, schönem Spielzeug vollgestellt, Pferde, Hunde, Katzen, Elefanten, Lämmer, Kaninchen und Rehe, hübsche Puppen in allen Größen sowie Kugeln und Murmeln aus bunt bemaltem Lehm.

Oft, wenn er diese Ansammlung von Kinderschätzen betrachtete, wurde dem guten alten Claus traurig zumute, so sehr sehnte er sich danach, den Kindern die Sachen zu bringen. Und als er es endlich nicht länger ertragen konnte, traute er sich, beim Großen Ak vorzusprechen. Er erzählte ihm die Geschichte von seiner Verfolgung durch die Awgwas und bat den Herrn über die Waldbewohner, ihm beizustehen.

7 Die große Schlacht zwischen Gut und Böse

Ak hörte sich Claus' Worte ernst an und strich sich dabei mit jener bedächtigen, anmutigen Geste über den Bart, die tiefes Nachsinnen verriet. Er nickte beifällig, als Claus ihm erzählte, wie die Knooks und die Elfen ihn vor dem Tod gerettet hatten, und zog die Stirn in Falten, als er hörte, wie die Awgwas die Spielsachen der Kinder gestohlen hatten. Schließlich sagte er: »Von Anfang an habe ich die Arbeit gebilligt, die du unter den Menschenkindern verrichtest, und es verdrießt mich, dass deine guten Taten von den Awgwas vereitelt werden. Wir Unsterbliche haben keinerlei Verbindung mit den bösen Geschöpfen, die dich angegriffen haben. Wir haben sie stets gemieden, und bislang haben sie wiederum darauf geachtet, dass unsere Wege sich nicht kreuzen. Doch in dieser Angelegenheit finde ich, dass sie sich an einem unserer Freunde vergriffen haben, und ich werde sie bitten, auf ihre Nachstellungen zu verzichten, da du unter unserem Schutze stehst.«

Claus dankte dem Herrn über die Waldbewohner ausgiebig und kehrte in sein Tal zurück, während Ak, der nie Zeit verlor, seine Versprechen wahrzumachen, unverzüglich in die Berge der Awgwas reiste.

Dort stellte er sich auf die kahlen Felsen und rief dem König und seinen Leuten zu, in Erscheinung zu treten.

Sogleich füllte sich der Ort mit Unmengen finsterer Awgwas, und ihr König, der sich auf eine Felsspitze hockte, fragte grimmig: »Wer wagt es, uns zu rufen?«

»Ich, der Herr über die Waldbewohner der Welt«, antwortete Ak.

»Hier sind keine Wälder, auf die du Anspruch hättest«,

rief der König verärgert. »Wir schulden weder dir noch irgendwelchen Unsterblichen Gehorsam!«

»Das ist wahr«, erwiderte Ak ruhig. »Und doch habt ihr es gewagt, Claus, der im Lachenden Tal wohnt und unter unserem Schutze steht, am Handeln zu hindern.«

Bei dieser Rede begannen viele der Awgwas zu murren, und ihr König wandte sich drohend gegen den Herrn über die Waldbewohner.

»Du bist berufen, über die Wälder zu beherrschen, doch die Ebenen und die Täler sind unser!«, schrie er. »Halte dich an deine düsteren Wälder! Wir verfahren mit Claus nach Belieben.«

»Ihr werdet unserem Freund keinesfalls etwas zuleide tun!«, erwiderte Ak.

»Ach nein?«, fragte der König unverschämt. »Du wirst schon sehen! Unsere Kräfte sind denen der Sterblichen haushoch überlegen und denen der Unsterblichen völlig ebenbürtig.«

»Dein Dünkel führt dich in die Irre!«, sprach Ak gestreng. »Ihr seid ein vergängliches Geschlecht, das vom Leben ins Nichts übergeht. Wir, die wir für immer leben, bemitleiden und verachten euch. Auf Erden werdet ihr von allen verschmäht, und im Himmel ist kein Platz für euch! Selbst die Sterblichen treten nach ihrem irdischen Leben für alle Zeiten in ein anderes Dasein ein und sind demnach höherstehend als ihr. Wie also könnt ihr es wagen, ihr, die ihr weder sterblich noch unsterblich seid, euch meinem Wunsch zu widersetzen?«

Mit drohenden Gebärden sprangen die Awgwas auf, doch ihr König winkte sie zurück.

»Noch nie zuvor«, rief er Ak zu, und seine Stimme zitterte vor Wut, »hat ein Unsterblicher sich zum Gebieter der Awgwas ausgerufen! Nie soll ein Unsterblicher sich erkühnen, uns am Handeln zu hindern! Denn für deine verächtlichen Worte werden wir uns rächen, indem wir deinen Freund Claus binnen drei Tagen töten. Weder du noch all die Unsterblichen werden ihn vor unserem Zorn retten können. Wir trotzen deiner Macht! Hebe dich hinweg, Herr über die Waldbewohner der Welt! Im Lande der Awgwas ist kein Platz für dich.«

»Es ist Krieg!«, erklärte Ak mit blitzenden Augen.

»Es ist Krieg!«, erwiderte der König wütend. »In drei Tagen wird dein Freund tot sein.«

Der Gebieter wandte sich ab und kam zum Wald von Burzee, wo er eine Versammlung der Unsterblichen einberief und diesen vom Widerstand der Awgwas berichtete sowie von ihrer Drohung, Claus binnen drei Tagen zu töten.

Das kleine Völkchen lauschte ihm ruhig.

»Was sollen wir tun?«, fragte Ak.

»Diese Geschöpfe sind der Welt nicht von Nutzen«, sagte der Fürst der Knooks. »Wir müssen sie vernichten.«

»Sie weihen ihr Leben nur bösen Taten«, sagte der Fürst der Ryls. »Wir müssen sie vernichten.«

»Sie haben kein Gewissen und streben danach, alle Sterblichen so schlecht werden zu lassen wie sie selbst«, sagte die Königin der Elfen. »Wir müssen sie vernichten.«

»Sie haben dem großen Ak getrotzt und bedrohen das Leben unseres Adoptivsohns«, sagte die schöne Königin Zurline. »Wir müssen sie vernichten.«

Der Herr über die Waldbewohner lächelte.

»Ihr habt gut gesprochen«, sagte er. »Wir wissen, dass die Awgwas ein mächtiges Geschlecht sind und kämpfen werden; doch der Ausgang ist gewiss. Denn wir, die wir leben, können niemals sterben, selbst wenn unsere Feinde uns besiegen, wohingegen jeder niedergestreckte Awgwa ein Gegner weniger ist, der uns entgegentritt. Rüstet euch denn für die Schlacht und lasst uns beschließen, bei diesen Verruchten keine Gnade walten zu lassen!«

So erhob sich jener schreckliche Krieg zwischen den Unsterblichen und den Geistern des Bösen, von denen im Lande der Elfen bis auf den heutigen Tag gesungen wird.

Der König der Awgwas und seine Bande beschlossen, ihre Drohung wahrzumachen und Claus zu töten. Inzwischen war er ihnen aus zwei Gründen verhasst: Er machte die Kinder glücklich, und er war ein Freund des Herrn über die Waldbewohner. Seit Aks Besuch jedoch hatten sie guten Grund, die Gegnerschaft der Unsterblichen zu fürchten, und es graute ihnen vor einer Niederlage. Daher sandte der König schnelle Botschafter in alle Welt, um jede böse Kreatur zu Hilfe zu rufen.

Und am dritten Tag nach der Kriegserklärung stand dem König der Awgwas eine gewaltige Armee zu Gebote. Da waren dreihundert asiatische Drachen, die spieen Feuer, welches alles verschlang, was es erfasste. Diese verabscheuten die Menschheit und alle guten Geister. Und da waren die dreiäugigen Riesen aus Tatarien, an sich schon ein ganzes Heer, die nichts lieber taten, als zu kämpfen. Und als Nächstes kamen die Schwarzen Dämonen aus Patalonien, mit weit gespannten Flügeln wie Fledermäuse. Wenn sie durch die Lüfte flatterten, verbreiteten sie in der Welt Angst und Schrecken. Und zu diesen gesellten sich die Schwarzalben, mit langen Krallen scharf wie Schwerter, mit denen sie ihren Feinden das Fleisch aus dem Leibe rissen. Schließlich war jeder Berg-Awgwa der Welt angetreten, um an der großen Schlacht gegen die Unsterblichen teilzunehmen.

Der König der Awgwas besah sich das riesige Heer, und

sein Herz schlug schneller vor bösem Stolz, denn er glaubte, über seine sanftmütigen Feinde, die nach allem, was man wusste, noch nie zuvor gekämpft hatten, gewiss triumphieren zu können. Doch der Herr über die Waldbewohner war nicht untätig geblieben. Zwar war kein Angehöriger seines Volkes mit Kriegführung vertraut, nun aber, da sie aufgerufen waren, sich den Heerscharen des Bösen entgegenzustellen, rüsteten sie sich bereitwillig.

Ak hatte ihnen befohlen, sich im Lachenden Tal zu sammeln, wo Claus gelassen sein Spielzeug anfertigte. Er ahnte nichts von der schrecklichen Schlacht, die seinetwegen stattfinden sollte.

Bald füllte sich das gesamte Tal, von Hügel zu Hügel, mit den kleinen Unsterblichen. An der Spitze stand der Herr über die Waldbewohner und trug eine schimmernde Axt, die glänzte wie blankes Silber. Als Nächstes kamen die Ryls, die mit scharfen Dornen von ihren Sträuchern bewehrt waren. Dann die Knooks, die die Speere hielten, welche sie verwendeten, wenn sie gewzungen waren, ihre wilden Bestien gefügig zu machen. Die Elfen, die in weiße Gaze mit regenbogenfarbenen Flügeln gekleidet waren, hielten goldene Zauberstäbe in den Händen, und die Waldnymphen in ihrer eichenblattgrünen Tracht trugen als Waffen Ruten aus Eschenholz.

Laut lachte der König der Awgwas, als er Größe und Bewaffnung seiner Gegner sah. Die mächtige Axt des Gebieters war wohl zum Fürchten, doch die hübschgesichtigen Nymphen und die niedlichen Elfen, die sanften Ryls und die buckligen Knooks waren ein so harmloses Völkchen, dass er nahezu Scham empfand, weil er ein so furchterregendes Heer ausgehoben hatte, um ihnen entgegenzutreten.

»Da diese Narren zu kämpfen wagen«, sagte er zum Anführer der tatarischen Riesen, »werde ich sie mit unseren bösen Kräften überwältigen!«

Um die Schlacht zu beginnen, nahm er einen großen Stein in die Linke und schleuderte ihn direkt gegen die kräftige Gestalt des Herrn über die Waldbewohner, der ihn freilich mit seiner Axt abwehrte. Dann stürzten die dreiäugigen Riesen aus Tatarien sich auf die Knooks, die Schwarzalben sich auf die Ryls und die feuerspeienden Drachen sich auf die niedlichen Elfen. Da die Nymphen Aks eigenes Volk waren, nahm die Bande der Awgwas sie aufs Korn, in dem Glauben, sie mühelos bezwingen zu können.

Aber das Gesetz besagt: Wenngleich das Böse, dem sich niemand widersetzt, schreckliche Taten zu vollbringen vermag, so können doch die Kräfte des Guten niemals besiegt werden, wenn es sich dem Bösen widersetzt. Für den König der Awgwas wäre es besser gewesen, hätte er dieses Gesetz gekannt!

Seine Unkenntnis kostete ihn das Leben, denn ein einziger Hieb der Axt, die der Herr über die Waldbewohner der Welt in der Hand hielt, spaltete den bösen König entzwei und befreite die Erde von dem niederträchtigsten Geschöpf, das sie je gekannt hatte.

Die tatarischen Riesen staunten nicht schlecht, als die Speere der kleinen Knooks ihre dicke Haut durchbohrten und sie taumelnd und unter Schmerzensschreien zu Boden warfen.

Weh überkam die scharfkralligen Schwarzalben, als die Dornen der Ryls in ihre wilden Herzen drangen und ihr Lebensblut die ganze Ebene besprengte. Und danach wuchs aus jedem Tropfen eine Distel.

Die Drachen hielten erstaunt inne vor den Zauberstäben der Elfen, denen eine solche Kraft entströmte, dass ihr Feueratem sich gegen sie selbst richtete, sie zusammenschrumpften und starben.

Was nun die Awgwas anbelangt, so hatten sie kaum Zeit, um zu begreifen, auf welche Weise sie ums Leben kamen, denn die Eschenruten der Nymphen bargen einen ihren Widersachern unbekannten Zauber und verwandelten sie bei der leisesten Berührung in Erdklumpen!

Als Ak sich auf seine schimmernde Axt stützte und sich umwandte, um das Schlachtfeld zu besichtigen, sah er die wenigen Riesen, die noch laufen konnten, über die fernen Hügel entschwinden, auf dem Heimweg nach Tatarien. Die Schwarzalben waren allesamt zugrunde gegangen, ebenso die furchterregenden Drachen, während von den verruchten Awgwas nur noch eine Unzahl von Erdhügeln übrig blieb, mit denen die Ebene übersät war.

Und jetzt lösten die Unsterblichen im Tal sich auf wie Tau bei Sonnenaufgang, um wieder ihren Pflichten im Wald nachzugehen, während Ak bedächtig und nachdenklich zu Claus' Wohnhaus schritt und eintrat.

»Du kannst deine Spielsachen nun wieder ohne Furcht durch die Ebene zu den Kindern bringen«, sagte der Herr über die Waldbewohner.

»Werden mir die Awgwas etwas zuleide tun?«, fragte Claus gespannt.

»Die Awgwas«, antwortete Ak, »sind vernichtet!«

Nun bin ich aber froh, dass ich Schluss machen kann mit bösen Geistern, mit Kämpfen und mit Blutvergießen. Nicht aus freien Stücken habe ich von den Awgwas und ihren Verbündeten und von ihrer großen Schlacht gegen die Unsterblichen erzählt. Aber sie sind Teil dieser Geschichte und lassen sich nicht umgehen.

8 Die erste Reise mit den Rentieren

Waren das glückliche Tage für Claus, als er den Kindern, die so lange darauf gewartet hatten, die Spielsachen brachte! Während seiner Gefangenschaft im Tal war er so fleißig gewesen, dass alle seine Regale mit Spielzeug angefüllt waren, und nachdem er die Kleinen, die in seiner Nähe lebten, rasch versorgt hatte, merkte er, dass er seine Reisen nunmehr ausdehnen musste.

Ihm kam wieder in den Sinn, wie er mit Ak durch die ganze Welt geflogen war, und daher wusste er, dass es überall Kinder gab, und sehnte sich danach, so viele wie möglich mit seinen Geschenken zu beglücken.

So stopfte er Spielsachen aller Art in einen großen Sack, warf sich diesen über den Rücken, damit er ihn leichter tragen konnte, und begab sich auf eine längere Reise, als er je unternommen hatte.

Wo immer er sein fröhliches Gesicht zeigte, in einem Weiler oder auf einem Bauernhof, wurde ihm ein herzliches Willkommen zuteil, denn sein Ruhm hatte sich in den fernsten Ländern herumgesprochen. In jedem Dorf umschwärmten ihn die Kinder und folgten seinen Schritten, wohin er auch ging; die Frauen dankten ihm überschwänglich für die Freude, die er ihren Kleinen bescherte; und die Männer musterten ihn neugierig, weil er seine Zeit einer so sonderbaren Beschäftigung wie der Herstellung von Spielzeug widmete. Jeder aber lächelte ihn an und bedachte ihn mit freundlichen Worten, und Claus fühlte sich für seine weite Reise reichlich entschädigt.

Als der Sack leer war, kehrte er ins Lachende Tal zurück und füllte ihn erneut bis zum Rand. Diesmal schlug er einen anderen Weg ein, in einen anderen Teil des Landes, und machte vielen Kindern Freude, die noch nie zuvor ein

Spielzeug besessen hatten oder sich nicht vorstellen konnten, dass es derlei Herrlichkeiten überhaupt gab.

Nach einer dritten Reise, so weit, dass Claus viele Tage unterwegs war, ging sein Bestand an Spielzeugen zur Neige, und ohne Verzug machte er sich daran, einen frischen Vorrat anzulegen.

Da er so viele Kinder gesehen und ihren Geschmack erforscht hatte, waren ihm neue Ideen eingefallen.

Für Babys und für kleine Mädchen waren, wie er herausgefunden hatte, die Püppchen die entzückendsten Spielsachen von allen, und oft verlangten diejenigen, die »Püppchen« nicht aussprechen konnten, in ihrer niedlichen Babysprache nach einer »Pupa«. Deswegen beschloss Claus, zahlreiche Puppen in allen Größen herzustellen und ihnen bunte Kleidchen anzuziehen. Die älteren Jungen – aber auch einige der Mädchen – liebten seine Tierfiguren, und so gestaltete er auch weiterhin Katzen und Elefanten und Pferde. Viele der kleinen Burschen hatten musikalische Neigungen und sehnten sich nach Trommeln und Becken, Flöten und Hörnern. Darum fertigte er eine Reihe Spielzeugtrommeln und winzige Schlägel an, mit denen sie geschlagen wurden; aus Weidenholz schnitzte er Flöten, aus Schilfrohr Hörner, und aus gehämmertem Metall entstanden die Becken.

All das beschäftigte ihn vollauf, und ehe er sich's versah, brach auch schon der Winter an, mit mehr Schnee als gewöhnlich, und er wusste, dass er mit seiner schweren Bürde das Tal nicht verlassen konnte. Außerdem würde ihn die nächste Reise weiter denn je von zu Hause wegführen, und Jack Frost war mutwillig genug, seine Nase und seine Ohren zu zwacken, falls er die lange Reise antrat, solange noch der Frostkönig regierte. Der Frostkönig war Jacks Vater und tadelte diesen nie für seine Streiche.

So blieb Claus an seiner Werkbank sitzen; doch pfiff und sang er so fröhlich wie eh und je, denn von einer Enttäuschung ließ er sich nicht die Laune verderben oder sich gar unglücklich machen!

Eines hellen Morgens blickte er aus dem Fenster und sah, dass zwei der Hirsche, die er vom Wald her kannte, auf sein Haus zugelaufen kamen.

Claus war überrascht; nicht etwa davon, dass die freundlichen Hirsche ihn besuchten, sondern davon, dass sie so mühelos auf der Schneefläche dahertrippelten, als hätten sie festen Boden unter den Füßen, obgleich doch der Schnee im gesamten Tal fast zwei Meter hoch lag. Erst ein, zwei Tage zuvor war er aus dem Haus gegangen und bis zu den Achselhöhlen in einer Schneewehe versunken.

Daher öffnete er, als die Hirsche näher kamen, die Tür und rief dem ersten zu: »Guten Morgen, Flossie! Verrate mir doch, wie du so mühelos auf dem Schnee laufen kannst!«

»Er ist fest gefroren«, antwortete Flossie.

»Der Frostkönig hat ihn behaucht«, sagte Glossie, der mittlerweile herangekommen war, »und jetzt ist die Oberfläche hart wie Eis.«

»Vielleicht sollte ich den Kindern jetzt ein Bündel mit Spielsachen bringen«, bemerkte Claus nachdenklich.

»Ist es eine weite Reise?«, fragte Flossie.

»Ja, sie wird viele Tage dauern, denn mein Bündel ist schwer«, antwortete Claus.

»Dann würde der Schnee ja schmelzen, bevor du zurückkommen könntest«, sagten die Hirsche. »Du musst bis zum Frühjahr warten, Claus.«

Claus seufzte. »Hätte ich eure flinken Füße«, sagte er, »könnte ich die Reise an einem Tag zurücklegen.«

»Du hast sie aber nicht«, entgegnete Glossie und betrachtete stolz seine schlanken Beine.

»Vielleicht könnte ich auf deinem Rücken reiten«, wagte Claus nach einer Pause zu äußern.

»O nein, unsere Rücken sind nicht kräftig genug, um dein Gewicht auszuhalten«, widersprach Flossie entschieden. »Aber wenn du einen Schlitten hättest und uns davorspannen könntest, so könnten wir dich mühelos ziehen, und dein Bündel auch.«

»Ich werde einen Schlitten bauen!«, rief Claus. »Wärt ihr bereit, mich zu ziehen, wenn ich es tue?«

»Nun«, erwiderte Flossie, »wir müssen erst die Knooks um Erlaubnis fragen, die unsere Hüter sind; aber wenn sie einwilligen und du einen Schlitten und ein Geschirr anfertigst, werden wir dir gerne helfen.«

»Dann macht euch sofort auf den Weg!«, rief Claus ungeduldig. »Die freundlichen Knooks werden bestimmt ihre Einwilligung erteilen, und wenn ihr zurück seid, bin ich auch so weit.«

Flossie und Glossie, die Hirsche von hoher Intelligenz waren, hegten schon lange den Wunsch, die große, weite Welt zu sehen, sodass sie nur allzu gern über den gefrorenen Schnee liefen, um die Knooks zu fragen, ob sie Claus auf seiner Reise ziehen durften.

Unterdessen begann der Spielzeugermacher eilends mit dem Bau eines Schlittens, wozu er Material von seinem Holzstapel verwendete. Er fertigte zwei lange Kufen, die sich an den vorderen Enden nach oben bogen, und auf diese nagelte er kurze Bretter, um eine Plattform zu schaffen. Sie war bald fertig, aber so behelfsmäßig, wie ein Schlitten nur sein kann.

Da war das Geschirr schon schwieriger herzustellen, doch Claus drehte kräftige Stricke zusammen und verknotete sie so, dass sie um die Hälse der Hirsche passten wie ein Kummet. An diesen hingen andere Stricke, mit denen die Tiere vor den Schlitten gespannt werden konnten.

Noch bevor seine Arbeit beendet war, kamen Glossie und Flossie vom Wald zurück. Will Knook hatte ihnen die Erlaubnis gegeben, Claus auf seiner Reise zu begleiten, vorausgesetzt, sie würden noch vor Tagesanbruch nach Burzee zurückkehren.

»Das ist zwar nicht sehr lang«, sagte Flossie, »aber wir sind flink und kräftig, und wenn wir heute Abend aufbrechen, können wir im Laufe der Nacht viele Meilen zurücklegen.«

Claus beschloss, den Versuch zu unternehmen, daher beeilte er sich mit seinen Vorbereitungen. Nach einer Weile legte er seinen Zugtieren die Kummets um die Hälse und spannte sie vor seinen behelfsmäßigen Schlitten. Dann stellte er auf die kleine Plattform einen Schemel, der ihm als Sitz diente, und füllte einen Sack mit seinen hübschesten Spielzeugen.

»Wie willst du uns lenken?«, fragte Glossie. »Wir sind noch nie aus dem Wald herausgewesen, außer um dein Haus zu besuchen, sodass wir den Weg nicht wissen.«

Claus dachte einen Augenblick nach. Dann brachte er noch mehr Stricke und befestigte je zwei davon am verzweigten Geweih eines jeden Hirsches, eines links und das andere rechts.

»Das sind meine Zügel«, sagte Claus, »und wenn ich sie nach rechts oder nach links ziehe, müsst ihr in die entsprechende Richtung laufen. Ziehe ich nicht an den Zügeln, könnt ihr geradeaus laufen.«

»Bestens«, antworteten Glossie und Flossie. »Bist du so weit?«

Claus setzte sich auf den Schemel, stellte den Sack mit Spielzeug zu seinen Füßen und nahm dann die Zügel auf.

»Fertig!«, rief er. »Auf geht's!«

Die Hirsche legten sich ins Zeug, hoben die schlanken Glieder, und im Nu flog der Schlitten über den gefrorenen Schnee. Das rasche Vorankommen überraschte Claus, denn bereits nach wenigen Schritten hatten sie das Tal durchquert und glitten über die weite Ebene dahinter.

Als sie aufbrachen, war der Tag schon zum Abend verblasst; denn so behände Claus gearbeitet hatte, so hatten doch seine Vorbereitungen viele Stunden verschlungen. Aber der Mond beschien hell ihren Weg, und Claus fand bald, dass es ebenso angenehm war, bei Nacht zu reisen, wie bei Tage.

Die Hirsche bevorzugten es; denn obwohl sie etwas von der Welt sehen wollten, fürchteten sie sich doch davor, Menschen zu begegnen, und jetzt lagen die Bewohner von Stadt und Land in tiefem Schlaf und konnten sie nicht sehen.

So eilten sie dahin, immer weiter, über die Hügel und durch die Täler und die Ebenen, bis sie zu einem Dorf gelangten, wo Claus noch nie gewesen war.

Hier rief er ihnen zu, anzuhalten, und sie gehorchten sofort. Nun aber stellte sich ihnen ein neues Hindernis in den Weg, denn die Leute hatten, als sie zu Bett gingen, ihre Türen versperrt, und Claus stellte fest, dass er die Häuser nicht betreten konnte, um seine Spielsachen abzulegen.

»Ich fürchte, meine Freunde, wir haben unsere Reise umsonst gemacht«, sagte er. »Ich werde meine Spielsachen wieder mit nach Hause nehmen müssen.«

»Was ist los?«, fragte Flossie.

»Die Türen sind verschlossen«, antwortete Claus, »ich kann nicht hinein.«

Glossie sah sich nach den Häusern um. Der Schnee in diesem Dorf lag ziemlich hoch, aber vor ihnen, nur einen Meter über dem Schlitten, befand sich ein Dach. Auf dem Dachfirst saß ein breiter Kamin, der Glossie groß genug erschien, dass Claus hindurchschlüpfen konnte.

»Warum kletterst du nicht durch den Kamin?«, fragte Glossie.

Claus betrachtete ihn.

»Das wäre ein Leichtes, wenn ich aufs Dach hinaufkönnte«, antwortete.

»Dann halte dich fest, und wir tragen dich hinauf«, sagten die Hirsche, und sie sprangen aufs Dach und landeten neben dem großen Kamin.

»Gut!«, rief Claus erfreut, schlang das Bündel mit Spielzeug über die Schulter und stieg in den Kamin.

An den Ziegelsteinen haftete viel Ruß, aber er scherte sich nicht darum, sondern stemmte Hände und Knie gegen die Kaminwände und kletterte hinab, bis er die Feuerstelle erreicht hatte. Leichtfüßig sprang er über die glimmenden Kohlen und fand sich in einem großen Wohnzimmer wieder, in dem ein trübes Licht brannte.

Von diesem Zimmer führten Türen in zwei kleinere Kammern. In einer davon schlief eine Frau, neben sich ein Baby in seinem Bettchen.

Claus lachte, aber nicht laut, da er Angst hatte, das Baby zu wecken. Dann entnahm er seinem Bündel eine große Puppe und legte sie in das Kinderbettchen. Die Kleine lächelte, als träumte ihr von dem hübschen Spielzeug, das sie am Morgen finden würde, und Claus stahl sich leise aus der Kammer und trat durch die andere Tür.

Hier lagen zwei Jungen in tiefem Schlaf. Sie hatten die Arme umeinander geschlungen. Claus betrachtete sie einen Augenblick lang liebevoll, dann legte er eine Trommel, zwei Hörner und einen hölzernen Elefanten aufs Bett.

Nun, da seine Arbeit in diesem Haus getan war, verweilte er nicht länger, sondern kletterte den Kamin wieder hinauf und setzte sich auf seinen Schlitten.

»Könnt ihr noch einen Kamin finden?«, fragte er die Hirsche.

»Nichts leichter als das«, antworteten Glossie und Flossie.

Sie glitten zum Rand des Daches, dann sprangen sie, ohne innezuhalten, durch die Luft zum Dach des nächsten Gebäudes, auf dem sich ein riesiger, altmodischer Kamin erhob.

»Bleib diesmal aber nicht so lange«, rief Flossie, »sonst sind wir nicht vor Tagesanbruch wieder im Wald.«

Claus kletterte auch diesen Kamin hinab und traf in dem Haus fünf schlafende Kinder an.

Als er zurückkehrte, sprangen die Hirsche zum nächsten Dach, aber als Claus den Kamin hinabstieg, fand er gar keine Kinder vor. Das war in diesem Dorf jedoch nicht oft der Fall, daher verlor er mit Besuchen in den traurigen Häusern, in denen es keine Kleinen gab, weniger Zeit, als ihr denkt.

Als Claus durch die Kamine sämtlicher Häuser in diesem Dorf gestiegen war und jedem schlafenden Kind ein Spielzeug hingelegt hatte, stellte er fest, dass sein großer Sack nicht einmal zur Hälfte geleert war.

»Vorwärts, Freunde!«, rief er den Hirschen zu. »Wir müssen ein weiteres Dorf suchen.«

So sausten sie dahin, obwohl es längst nach Mitternacht war, und in erstaunlich kurzer Zeit gelangten sie zu einer großen Stadt, der größten, die Claus je besuchte hatte, seit er begonnen hatte, Spielzeug anzufertigen. Er ließ sich aber von dem Gewimmel der Häuser nicht entmutigen, sondern machte sich gleich an die Arbeit, und seine schönen Zugtiere trugen ihn rasch von einem Dach zum anderen. Nur das höchste von ihnen lag außer Sprungweite der flinken Hirsche.

Schließlich war der Spielzeugvorrat aufgebraucht, und Claus setzte sich, den leeren Sack zu Füßen, auf den Schlitten und lenkte Glossie und Flossie heimwärts.

Bald darauf fragte Flossie: »Was ist das für ein grauer Streif am Himmel?«

»Das ist das Morgengrauen«, antwortete Claus erstaunt, weil es schon so spät war.

»Du meine Güte!«, rief Glossie. »Dann werden wir vor Tagesanbruch nicht zu Hause sein, und die Knooks werden uns bestrafen und nie wieder reisen lassen.«

»Wir müssen ins Lachende Tal und uns sputen«, erwiderte Flossie, »also halte dich fest, Freund Claus!«

Claus hielt sich fest und flog gleich darauf so geschwind über den Schnee, dass er die vorüberwirbelnden Bäume gar nicht bemerkte. Bergauf, bergab flitzten sie dahin, schnell wie ein abgeschossener Pfeil, und um sich vor dem Wind zu schützen, schloss Claus die Augen und ließ die Hirsche allein den Weg finden.

Es kam ihm vor, als stürzten sie durch Raum und Zeit, aber er hatte nicht die geringste Angst. Die Knooks waren gestrenge Herren, denen unter allen Umständen gehorcht werden musste, und der graue Streif am Himmel wurde mit jeder Minute heller.

Schließlich kam der Schlitten jäh zum Stillstand, und Claus, der völlig überrascht war, purzelte von seinem Sitz in eine Schneewehe. Als er sich aufrappelte, hörte er die Hirsche rufen: »Schnell, Freund, schnell! Schneide unser Geschirr los!«

Er zückte sein Messer und durchtrennte rasch die Stricke, dann wischte er sich die Feuchtigkeit aus den Augen und sah sich um.

Wie er feststellte, war der Schlitten im Lachenden Tal zum Halt gekommen, nur ein, zwei Meter von seiner Haustür entfernt. Im Osten brach der Tag an, und als er sich zum Rand von Burzee umdrehte, sah er eben Glossie und Flossie im Wald verschwinden.

9 »Santa Claus!«

Claus glaubte nicht, dass je eines der Kinder erfahren würde, wo die Spielsachen herkamen, die sie am nächsten Morgen neben ihrem Bett vorfanden. Doch gute Taten bringen Ruhm mit sich, und der Ruhm hat viele Flügel, die seine Kunde in ferne Länder tragen; und so sprachen die Menschen allerorten von Claus und seinen wunderbaren Geschenken an die Kinder. In ein paar eigennützigen Leuten rief seine hochherzige Tätigkeit Hohn hervor, doch selbst diese mussten ihre Achtung vor einem Mann eingestehen, der von so sanfter Natur war, dass er sein Leben gern der Aufgabe widmete, die hilflosen Kleinen zu erfreuen.

Deshalb hielten die Bewohner aller Städte und Dörfer eifrig nach ihm Ausschau, und damit die Kinder geduldig und zufrieden blieben, wurden ihnen ungewöhnliche Geschichten über seine schönen Spielsachen erzählt.

Als die Kleinen am Morgen nach Claus' erster gemeinsamer Reise mit den Hirschen zu ihren Eltern gelaufen kamen und sie fragten, woher die hübschen Spielzeuge stammten, die sie gefunden hatten, gab es auf ihre Frage nur eine Antwort: »Der gute Claus muss hier gewesen sein, mein Schatz; denn auf der ganzen Welt gibt's kein Spielzeug außer seinem!«

»Aber wie ist er hereingekommen?«, fragten die Kinder.

Da schüttelten die Väter den Kopf, konnten sie doch selbst nicht verstehen, wie Claus Zutritt zu ihrem Haus erlangt hatte; die Mütter aber, die die frohen Gesichter ihrer Lieben sahen, flüsterten, der gute Claus sei kein Sterblicher, sondern ganz gewiss ein Heiliger, und segneten gottesfürchtig seinen Namen wegen des Glücks, das er ihren Kindern gewährt hatte.

»Ein Heiliger«, sagte eine mit geneigtem Kopf, »braucht keine Türen aufzusperren, wenn es ihm gefällt, unser Haus zu betreten.«

Und später, wenn ein Kind unartig oder ungehorsam war, sagte seine Mutter: »Du musst zum guten Santa Claus um Vergebung beten. Er mag keine unartigen Kinder, und wenn du nicht bereust, wird er dir kein hübsches Spielzeug mehr bringen.«

Santa Claus selbst freilich hätte solche Redensarten nicht gebilligt. Er brachte den Kindern Spielzeug, weil sie klein und hilflos waren und weil er sie liebte. Er wusste, dass sogar die wohlerzogensten Kinder zuweilen unartig waren und die unartigen oft brav. So steht es mit den Kindern auf der ganzen Welt, und er hätte ihre Natur auch dann nicht verändert, wenn er die Macht dazu besessen hätte.

Und so wurde aus unserem Claus Santa Claus. Mit Hilfe guter Taten ist es jedem Menschen gegeben, als Heiliger in den Herzen der Menschen Einzug zu halten.

10 Heiligabend

Der Tag nach Claus' nächtlichem Ritt mit Glossie und Flossie trug ihm neue Scherereien ein. Will Knook, der oberste Hüter der Hirsche, kam zu ihm, um sich verdrießlich und übellaunig darüber zu beschweren, dass er in Zuwiderhandlung seiner Anweisungen Glossie und Flossie über den Tagesanbruch hinaus in Anspruch genommen habe.

»Aber es kann nicht sehr lange nach Tagesanbruch gewesen sein«, sagte Claus.

»Es war eine Minute danach«, antwortete Will Knook, »und das ist genauso schlimm wie eine ganze Stunde. Ich werde Stechmücken auf Glossie und Flossie ansetzen, und so werden sie für ihren Ungehorsam schrecklich leiden.«

»Tu das nicht!«, bettelte Claus. »Es war meine Schuld.«

Aber Will Knook wollte sich keine Ausflüchte anhören und ging unfreundlich murrend und knurrend davon.

Aus diesem Grund trat Claus in den Wald, um Necile zu befragen, wie man die guten Hirsche vor der Strafe bewahren könne. Zu seiner Freude saß sein alter Freund, der Herr über die Waldbewohner, im Kreise der Nymphen.

Ak lauschte der Geschichte von der nächtlichen Reise zu den Kindern und von dem großen Beistand, den die Hirsche Claus geleistet hatten, indem sie seinen Schlitten über den gefrorenen Schnee zogen.

»Ich möchte nicht, dass meine Freunde bestraft werden, wenn ich es verhindern kann«, sagte der Spielzeugmacher, als er seine Erzählung geendigt hatte. »Sie sind nur eine Minute zu spät gekommen, dabei sind sie, um noch vor Tagesanbruch nach Hause zu gelangen, schneller gelaufen, als ein Vogel fliegen kann.«

Ak strich sich einen Moment lang gedankenvoll über den Bart, dann bestellte er den Fürsten der Knooks zu sich, der über alle seine Untertanen in Burzee herrscht, ebenso die Königin der Elfen und den Fürsten der Ryls.

Als alle versammelt waren, erzählte Claus aufs Aks Geheiß seine Geschichte ein zweites Mal, und dann richtete der Gebieter das Wort an den Fürsten der Knooks: »Die guten Werke, die Claus unter den Menschen tut, verdient die Unterstützung aller aufrichtigen Unsterblichen. Schon ruft man ihn in einigen Städten zum Heiligen aus, und bald wird der Name Santa Claus in jedem Haus geläufig sein, das mit Kindern gesegnet ist. Überdies ist er ein Sohn unseres Waldes, daher wir schulden wir ihm Unterstützung. Du, Herrscher der Knooks, kennst ihn seit vielen Jahren; habe ich nicht recht, wenn ich sage, dass er unsere Freundschaft verdient?«

Der Fürst, bucklig und sauertöpfisch wie alle Knooks, blickte auf das tote Laub zu seinen Füßen und murmelte: »Du bist der Herr über die Waldbewohner der Welt!«

Ak lächelte, fuhr aber in sanfterem Ton fort: »Offenbar können die Hirsche, die von deinen Untertanen behütet werden, Claus von großem Nutzen sein, und da sie allem Anschein nach bereit sind, seinen Schlitten zu ziehen, bitte ich dich darum, ihm zu erlauben, dass er ihre Dienste in Anspruch nimmt, wann immer er es wünscht.«

Der Fürst antwortete nicht, sondern klopfte wie in Gedanken mit der Spitze seines Speers auf die gerundete Spitze seiner Sandale.

Da sprach die Elfenkönigin also zu ihm: »Wenn du Aks Bitte zustimmst, werde ich dafür sorgen, dass deinen Hirschen kein Leid geschieht, solange sie sich aus dem Wald herauswagen.«

Und der Fürst der Ryls fügte hinzu: »Ich für mein Teil

werde jedem Hirsch, der Claus beisteht, das Vorrecht einräumen, von meinen Casa-Pflanzen zu fressen, die Kraft verleihen, von meinen Graul-Pflanzen, die Schnellfüßigkeit verleihen, und von meinen Marbon-Pflanzen, die Langlebigkeit verleihen.«

Und die Königin der Nymphen sagte: »Die Hirsche, die Claus' Schlitten ziehen, werden im Waldteich von Nares baden dürfen, der ihnen ein glänzendes Fell und wundersame Schönheit verleiht.«

Als der Fürst der Knooks diese Versprechungen hörte, rutschte er auf seinem Sitz unruhig hin und her, denn im Innersten schlug er die Bitten anderer Unsterblicher nur ungern aus, obwohl sie ihn diesmal um eine außergewöhnliche Gunst baten und die Knooks es nicht gewohnt sind, auch nur die leiseste Gunst zu gewähren. Schließlich wandte er sich an seine Diener und sagte: »Ruft Will Knook.«

Als der verdrießliche Will herbeikam und das Ersuchen der Unsterblichen hörte, verwahrte er sich lautstark dagegen, diesem stattzugeben.

»Hirsche sind Hirsche«, sagte er, »und nichts als Hirsche. Wären sie Pferde, wäre es richtig, sie wie Pferde anzuschirren. Aber niemand schirrt Hirsche an, denn es handelt sich um freie, wilde Geschöpfe, die keinem Menschen irgendwelche Dienste schuldig sind. Es würde meine Hirsche herabwürdigen, sich für Claus abzuschinden, der trotz der Freundschaft, mit der die Unsterblichen ihn bedenken, nur ein Mensch ist.«

»Du hast es vernommen«, sagte der Fürst zu Ak. »Es ist etwas Wahres an dem, was Will sagt.«

»Ruft Glossie und Flossie«, entgegnete der Gebieter.

Die Hirsche wurden vor die Versammlung gebracht, und Ak fragte sie, ob sie etwas dagegen hätten, Claus' Schlitten zu ziehen.

»Überhaupt nicht!«, erwiderte Glossi. »Wir haben die Reise sehr genossen.«

»Und wir haben uns bemüht, vor Tagesanbruch nach Hause zurückzukehren«, fügte Flossie hinzu, »aber leider sind wir eine Minute zu spät gekommen.«

»Auf eine bei Tagesanbruch verlorene Minute kommt es nicht an«, sprach Ak. »Die Verspätung sei euch verziehen.«

»Vorausgesetzt, es kommt nicht noch einmal vor«, sagte der Fürst der Knooks unnachgiebig.

»Und wirst du ihnen erlauben, noch einmal mit mir auf Reisen zu gehen?«, fragte Claus gespannt.

Der Fürst dachte nach. Dabei betrachtete er Will, der finster dreinblickte, und den Herrn über die Waldbewohner, der lächelte.

Dann erhob er sich und sprach die Gesellschaft wie folgt an: »Da ihr alle mich drängt, diese Gunst zu gewähren, will ich den Hirschen gestatten, Claus jedes Jahr ein Mal, am Heiligabend, zu begleiten, vorausgesetzt, sie kehren stets vor Tagesanbruch in den Wald zurück. Er kann sich so viele er mag aussuchen, die seinen Schlitten ziehen, bis zu zehn Stück, und um sie von den anderen Hirschen zu unterscheiden, wollen wir sie Renhirsche nennen. Und die Renhirsche, oder auch Rentiere, werden im Teich von Nares baden, von den Casa-, Graul- und Marbon-Pflanzen fressen und unter dem besonderen Schutz der Elfenkönigin stehen. Und jetzt hör auf, so finster dreinzublicken, Will Knook, denn meinen Worten gebührt Gehorsam!«

Rasch hinkte er durch die Bäume davon, um Claus' Dank und die Billigung der anderen Unsterblichen zu vermeiden, und Will, der so mürrisch aussah wie eh und je, folgte ihm.

Ak dagegen war zufrieden, wusste er doch, dass er sich auf das Versprechen des Fürsten, so widerwillig es gegeben worden war, verlassen konnte; und Glossie und Flossie liefen nach Hause und warfen bei jedem Schritt entzückt die Beine in die Luft.

»Wann ist Heiligabend?«, fragte Claus den Gebieter.

»In etwa zehn Tagen«, erwiderte dieser.

»Dann kann ich die Rentiere dieses Jahr nicht verwenden«, sagte Claus nachdenklich, »denn ich habe nicht genug Zeit, meinen Sackvoll Spielzeug anzufertigen.«

»Das hat der durchtriebene Fürst vorausgesehen«, antwortete Ak, »und deshalb Heiligabend als den Tag angegeben, an dem du die Rentiere verwenden darfst, denn er wusste, dass du dadurch ein ganzes Jahr verlierst.«

»Wenn ich doch nur die Spielsachen hätte, die die Awgwas mir gestohlen haben«, sagte Claus traurig. »Dann könnte ich meinen Sack für die Kinder mühelos füllen.«

»Wo sind sie denn?«, fragte der Gebieter.

»Ich weiß es nicht«, erwiderte Claus, »aber vermutlich hatten die bösen Awgwas sie in den Bergen versteckt.«

Ak wandte sich an die Elfenkönigin.

»Ob du sie finden kannst?«, fragte er.

»Ich will es versuchen«, erwiderte sie fröhlich.

Da ging Claus zurück ins Lachende Tal, um zu arbeiten, so hart er konnte, und eine Gruppe von Elfen flog unverzüglich zu dem Berg, in dem die Awgwas gehaust hatten, und begann mit der Suche nach den gestohlenen Spielsachen.

Wie wir wohl wissen, besitzen die Elfen Wunderkräfte; doch die listigen Awgwas hatten die Spielsachen in einer tiefen Höhle versteckt und den Eingang mit Felsen verstellt, damit niemand hineinspähen konnte. Daher blieb die Suche nach den Spielsachen mehrere Tage lang vergeblich, und Claus, der zu Hause saß und auf Nachricht von den Elfen wartete, zweifelte daran, die Spielsachen noch vor Heiligabend wiederzubekommen.

Er arbeitete unermüdlich, brauchte aber doch erhebliche Zeit, um jedes Spielzeug zu schnitzen, zu formen und richtig anzumalen, sodass am Morgen vor Heiligabend nur die Hälfte eines kleinen Regals über dem Fenster mit fertigen Spielsachen angefüllt war.

An diesem Morgen aber kam den Elfen, die die Berge absuchten, ein neuer Gedanke. Sie fassten sich an den Händen und bewegten sich in einer geraden Linie durch die Felsen, aus denen der Berg bestand. Mit der obersten Bergspitze fingen sie an und arbeiteten sich nach unten vor, sodass ihren hellen Augen kein Fleck entging. Und schließlich entdeckten sie die Höhle, in der die bösen Awgwas die Spielsachen gestapelt hatten.

Sie brauchten nicht lange, bis sie den Höhleneingang aufgebrochen hatten. Jeder Elf ergriff so viel Spielzeug, wie er nur tragen konnte, und alle flogen sie zu Claus und breiteten den Schatz vor ihm aus.

Der gute Mann war erfreut, im letzten Moment einen solchen Vorrat an Spielsachen erhalten zu haben, mit denen er seinen Schlitten beladen konnte, und ließ Glossie und Flossie die Nachricht zukommen, vor Einbruch der Nacht reisefertig zu sein.

Trotz all der anderen Arbeiten hatte er seit der letzten Reise doch Zeit gefunden, das Geschirr zu flicken und seinen Schlitten zu verstärken, sodass er keine Mühe hatte, die Rentiere anzuschirren, als sie in der Abenddämmerung zu ihm kamen.

»Heute Nacht müssen wir in eine andere Richtung fahren«, sagte er ihnen, »wo wir Kinder antreffen werden, die ich noch nie besucht habe. Und wir müssen schnell reisen und rasch zu Werke gehen, denn mein Sack ist voll und platzt aus allen Nähten!«

So eilten sie, als eben der Mond aufging, aus dem Lachenden Tal und durch die Ebene und über die Hügel nach Süden. Die Luft war scharf und frostig, und das Sternenlicht berührte die Schneeflocken, sodass sie wie unzählige Diamanten glitzerten. Die Rentiere bewegten sich mit kräftigen, gleichmäßigen Sprüngen voran, und Claus' Herz war so heiter und unbeschwert, dass er, während der Wind an seinen Ohren vorbeipfiff, lachte und sang:

»Mit ha, ha, ha!
Und ho, ho, ho!
Und ho, ho, ha, ha, he!
So sausen wir
Des Lebens froh
Durch den gefrornen Schnee!«

Jack Frost hörte ihn und kam mit seiner Kneifzange herbeigestürzt, doch als er sah, dass es Claus war, lachte er nur und wandte sich wieder ab.

Als Claus an einem Wald vorüberkam, hörten ihn die Muttereulen und steckten die Köpfe aus ihren Höhlungen in den Baumstämmen; doch als sie sahen, wer es war, flüsterten sie ihren Jungen zu, es sei nur Santa Claus, der den Kindern Spielzeug bringe. Schon seltsam, wie viel diese Muttereulen wissen!

Claus hielt an einigen der verstreuten Gehöfte an und kletterte durch die Kamine, um Geschenke abzulegen. Bald danach erreichte er ein Dorf. Dort arbeitete er vergnügt eine Stunde lang und teilte unter den schlafenden Kleinen Spielsachen aus. Dann zog er weiter und sang sein fröhliches Weihnachtslied:

»Und mit Juchhe
Geht's durch den Schnee,
Die Hirsche sind geschwind!
Mädchen und Knaben
Bringen wir Gaben,
Und froh ist jedes Kind!«

Die Rentiere mochten den Klang seiner tiefen Bassstimme und schlugen auf dem harten Schnee mit den Hufen den Takt zu dem Lied; doch schon bald hielten sie vor einem weiteren Kamin an, und Santa Claus, mit funkelnden Augen und vom Wind gerötetem Gesicht, kletterte den verräucherten Schlot hinab und ließ für jedes Kind, das dem Haushalt angehörte, ein Geschenk zurück.

Es war eine fröhliche, eine glückliche Nacht. Die Rentiere liefen geschwind, und ihr Meister tat sein Bestes, seine Gaben unter den schlummernden Kindern verteilen.

Schließlich aber war der Sack leer, und der Schlitten steuerte den Heimweg an. Und wieder begann das Wettrennen mit der Zeit. Glossie und Flossie wollten sich nicht ein zweites Mal wegen ihrer Unpünktlichkeit maßregeln lassen, und so flogen sie mit solcher Schnelligkeit dahin, dass sie die steife Brise überholten, auf der der Frostkönig ritt, und erreichten bald das Lachende Tal.

Als Claus seine Zugtiere ausspannte, war der östliche Himmel bereits grau gestreift, doch bevor der Tag anbrach, befanden sich Glossie und Flossie längst im tiefen Wald.

Von seiner Nachtarbeit war Claus so erschöpft, dass er in einen tiefen Schlaf fiel, und während er schlief, stieg die Weihnachtssonne am Himmel auf und schien auf Hunderte glücklicher Häuser herab, in denen frohes Kinderlachen verkündete, dass Santa Claus ihnen einen Besuch abgestattet hatte.

Gott segne ihn! Es war sein erster Heiligabend, und seine Sendung, den Herzen kleiner Kinder Glück zu bringen, erfüllt er nun schon seit Jahrhunderten vortrefflich.

11 Wie die ersten Strümpfe in den Kamin gehängt wurden

Ihr erinnert euch daran, dass kein Kind das Vergnügen gehabt hatte, ein Spielzeug zu besitzen, bevor Santa Claus mit seinen Reisen begann. So werdet ihr verstehen, dass in den Häuser all jener, die der gute Mann mit einem Besuch beehrte, die Freude Einzug hielt. Tag für Tag sprach man in liebevollem Ton von ihm und war aufrichtig dankbar für seine tätige Freundlichkeit. Natürlich sprachen die Leute auch oft von den großen Kriegern, den mächtigen Königen und klugen Gelehrten jener Zeit; doch keiner von ihnen wurde so innig geliebt wie Santa Claus, denn kein anderer war so selbstlos, dass er sich der Aufgabe verschrieb, andere glücklich zu machen. Eine großherzige Tat überlebt länger als eine große Schlacht, als ein königlicher Erlass oder die Abhandlung eines Gelehrten, sie verbreitet sich, hinterlässt ihre Spuren in der ganzen Natur und dauert fort durch viele Generationen.

Der Handel, der mit dem Fürsten der Knook abgeschlossen worden war, veränderte Claus' Pläne für alle Zeiten. Da er die Rentiere nur eine Nacht im Jahr benutzen durfte, entschied er, alle anderen Tage der Herstellung von Spielzeug zu widmen und dieses den Kindern der Welt am Heiligabend zu bringen.

Aber die Arbeit eines Jahres würde, das wusste er, eine riesige Ansammlung von Spielsachen zur Folge haben, daher beschloss er, einen neuen Schlitten zu bauen, der größer, stärker und für eilige Reisen besser ausgestattet wäre als der schwerfällige alte.

Als Erstes suchte er den Zwergenkönig auf, bei dem er drei Trommeln, eine Trompete und zwei Puppen gegen ein Paar stählerne Kufen eintauschte, die an den Enden wunderschön geschwungen waren. Denn der Zwergenkönig hatte selbst Kinder, die in Hohlräumen unter der Erde, in Bergwerken und Höhlen, wohnten und die etwas brauchten, womit sie sich vergnügen konnten.

In drei Tagen waren die Stahlkufen fertig, und als Claus dem Zwergenkönig die Spielsachen brachte, war seine Majestät so zufrieden mit ihnen, dass er Claus zusätzlich zu den Kufen eine Schnur mit süß tönenden Schlittenglöckchen schenkte.

»Die werden Glossie und Flossie aber freuen«, sagte Claus, als er dem fröhlichen Bimmeln der Glöckchen lauschte. »Aber ich sollte zwei Schnüre mit Glöckchen haben, eine für jedes Rentier.«

»Bring mir noch eine Trompete und eine Spielzeugkatze«, erwiderte der König, »und du sollst eine zweite Schnur mit Glöckchen haben, genau wie die erste.«

»Abgemacht!«, rief Claus und kehrte nach Hause zurück, um das Spielzeug zu holen.

Der neue Schlitten wurde sorgfältig gebaut. Die Knooks schleppten dafür eine Vielzahl starker, aber dünner Bretter heran. Claus konstruierte ein hohes, gebogenes Schutzbrett, um den Schnee abzuhalten, den die flinken Hufe der Rentiere aufwarfen; um mehr Spielzeug befördern zu können, errichtete er auf der Plattform hohe Seitenwände, und schließlich montierte er den Schlitten auf die schlanken Stahlkufen, die der Zwergenkönig geschmiedet hatte.

Es war ein stattlicher Schlitten, groß und geräumig. Obwohl ihn während seiner mitternächtlichen Reisen kaum jemand zu Gesicht bekommen würde, malte Claus ihn bunt an, und als alles fertig war, ließ er Glossie und Flossie kommen, damit sie ihn begutachteten.

Die Rentiere bewunderten den Schlitten, erklärten dann aber feierlich, dass er zu groß sei und zu schwer zu ziehen.

»Natürlich können wir ihn über den Schnee ziehen«, sagte Glossie, »aber nicht schnell genug, dass wir ferne Städte und Dörfer besuchen und noch vor Tagesanbruch wieder in den Wald zurückkehren können.«

»Dann muss ich meinem Gespann noch zwei Rentiere hinzufügen«, erklärte Claus nach kurzem Nachdenken.

»Der Fürst der Knooks hat dir bis zu zehn Stück erlaubt. Warum benutzt du sie nicht alle?«, fragte Flossie. »Dann wären wir schnell wie der Blitz und könnten mühelos auf die höchsten Dächer springen.«

»Ein Gespann von zehn Rentieren!«, rief Claus entzückt. »Das wird prächtig. Bitte kehrt sofort in den Wald zurück und wählt acht weitere Rentiere aus, die möglichst genauso aussehen wie ihr. Und ihr alle müsst von der Casa-Pflanze fressen, um kräftig zu werden, von der Graul-Pflanze, um schnellfüßig zu werden, und von der Marbon-Pflanze, damit ihr lange lebt und mich auf meinen Reisen begleitet. Ebenso wird es euch guttun, im Teich von Nares zu baden, von dem die liebliche Königin Zurline sagt, dass er euch selten schön machen wird. Wenn ihr diese Pflichten treu erfüllt, besteht kein Zweifel, dass meine zehn Rentiere am nächsten Heiligabend die kräftigsten und schönsten Zugtiere sein werden, die die Welt je gesehen hat!«

So liefen Glossie und Flossie zum Wald, um ihre Gefährten auszuwählen, und Claus grübelte über ein Geschirr für sie alle nach.

Schließlich rief er Peter Knook um Beistand an, denn Peters Herz ist ebenso gütig, wie sein Körper bucklig ist, außerdem ist er bemerkenswert klug. Und Peter war damit einverstanden, ihm für das Geschirr Streifen zähen Leders zu beschaffen.

Dieses Leder war aus den Fellen von Löwen geschnitten, die ein so fortgeschrittenes Alter erreicht hatten, dass sie eines natürlichen Todes gestorben waren. Die eine Seite war mit gelb-braunem Haar bewachsen, während die andere Seite von den geschickten Knooks samtweich gebeizt worden war. Als Claus die Lederstreifen erhielt, nähte er sie säuberlich zu einem Geschirr für die zehn Rentiere zusammen, das sich als haltbar und strapazierfähig erwies und viele Jahre Bestand hatte.

An Geschirr und Schlitten konnte Claus nur gelegentlich arbeiten, denn die meisten seiner Tage verbrachte er damit, Spielzeug herzustellen. Dieses fiel inzwischen sehr viel kunstvoller aus als noch zu Anfang, denn oft kamen die Unsterblichen in sein Haus, um ihm bei der Arbeit zuzusehen und ihm Verbesserungsvorschläge zu machen. Es war Neciles Idee, einige der Puppen »Papa« und »Mama« sagen zu lassen. Die Knooks hatten den Einfall, eine Quietsche in die Lämmer einzubauen, sodass sie »Baa-a-a-a!« sagten, wenn ein Kind sie drückte, und die Elfenkönigin riet Claus, in die Vögel Pfeifen einzusetzen, sodass man sie zum Singen bringen konnte, und an den Pferden Rollen anzubringen, damit die Kinder sie hinter sich herziehen konnten. Viele Tiere des Waldes verendeten aus dem einen oder anderen Grund, und ihre Häute brachte man Claus, damit er die kleinen Spielzeugtiere mit Fell überziehen konnte. Ein spaßhafter Ryl schlug Claus vor, einen

Esel mit einem nickenden Kopf zu schnitzen, was der auch tat, und hinterher stellte er fest, dass die Kleinen größtes Vergnügen daran hatten. Und so wurden die Spielzeuge mit jedem Tag schöner und prächtiger, bis sie sogar die Unsterblichen mit Staunen erfüllten.

Als der nächste Heiligabend heranrückte, gab es wunderschöne Geschenke für die Kinder, mit denen der große Schlitten beladen werden musste. Claus füllte drei Säcke bis zum Rand und verstaute auch in jeder Ecke des Schlittenkastens noch Spielzeug.

Dann erschienen die zehn Rentiere in der Dämmerung, und Flossie stellte sie alle Claus vor. Es waren Racer und Pacer, Reckless und Speckless, Fearless und Peerless und Ready und Steady, die zusammen mit Glossie und Flossie das Zehnergespann ausmachten, welches mit seinem großzügigen Meister seit Hunderten von Jahren die Welt bereist. Alle waren überaus schön, mit schlanken Gliedern, verzweigten Geweihen, samtenen dunklen Augen und glattem, braunem, weiß geflecktem Fell.

Claus schloss sie gleich ins Herz, und seine Liebe hat nie nachgelassen, denn sie sind treue Freunde und haben ihm unschätzbare Dienste geleistet.

Das neue Geschirr passte ausgezeichnet, und bald waren alle paarweise vor den Schlitten gespannt, Glossie und Flossie als Voraustiere. Sie trugen die Schnüre mit den Schlittenglöckchen und waren von der Musik, die sie machten, so begeistert, dass sie tänzelten, damit die Glöckchen erklangen.

Nun setzte Claus sich auf den Schlitten, zog sich eine warme Robe über die Knie und seine Pelzmütze über die Ohren und ließ zum Zeichen des Aufbruchs seine lange Peitsche durch die Luft knallen.

Sofort zogen die zehn an und stürmten schnell wie der

Wind davon, während Claus fröhlich lachte und mit seiner kräftigen Stimme ein Liedchen schmetterte:

»Mit ha, ha, ha!
Und ho, ho, ho!
Und ho, ho, ha, ha, he!
So sausen wir
Des Lebens froh
Durch den gefrornen Schnee!

Und Spielsachen gibt's
Von jeglicher Art,
Püppchen, Kaninchen und Reh!
Wir teilen sie aus
In nächtlicher Fahrt
Über den glitzernden Schnee!«

An ebendiesem Heiligabend kamen die kleine Margot, ihr Bruder Dick sowie ihr Cousin Ned und ihre Cousine Sara, die zu Besuch waren, von draußen herein. Ihre Kleider waren feucht, ihre Fäustlinge triefend nass und ihre Schuhe und Strümpfe völlig durchweicht, denn sie hatten einen Schneemann gebaut. Aber sie wurden nicht ausgeschimpft, denn Margots Mutter wusste, dass der Schnee bereits schmolz. Sie schickte die Kinder früh zu Bett; die Kleider wurden zum Trocknen über die Stühle gehängt. Die Schuhe stellte sie auf die roten Kacheln der Kaminplatte, wo sie in der Hitze der glühenden Kohlen trockneten, und die Strümpfe hängte sie sorgfältig in einer Reihe an den Kamin, genau über der Feuerstelle. Santa Claus bemerkte sie, als er in dieser Nacht den Kamin hinabstieg. Der ganze Haushalt schlief tief und fest. Santa Claus hatte es schrecklich eilig, und als er sah, dass es sich um Kinderstrümpfe handelte, stopfte er rasch sein Spielzeug hinein und kletterte den Kamin wieder hinauf. So unvermittelt erschien er auf dem Dach, dass die Rentiere über seine Behändigkeit staunten.

»Ich wünschte, alle würden ihre Strümpfe so aufhängen«, dachte er, als er zum nächsten Kamin fuhr. »Das würde mir eine Menge Zeit ersparen, und dann könnte ich vor Tagesanbruch mehr Kinder besuchen.«

Als Margot, Dick, Ned und Sara am nächsten Morgen aus dem Bett sprangen und nach unten rannten, um ihre Strümpfe von der Feuerstelle zu holen, entdeckten sie darin zu ihrer Freude die Spielsachen von Santa Claus. Ich glaube sogar, dass sie in ihren Strümpfen mehr Geschenke fanden, als irgendein anderes Kind in der Stadt erhalten hatte, denn Santa Claus hatte es eilig gehabt und nicht angehalten, um die Spielsachen nachzuzählen.

Natürlich berichteten sie allen ihren Freunden davon, und natürlich beschloss jeder von diesen, am nächsten Heiligabend seine Strümpfe ebenfalls an den Kamin zu hängen. Sogar die Unbeschwerte Bessie, die mit ihrem Vater, dem großen Lord von Lerd, der Stadt einen Besuch abstattete, hörte die Geschichte von den Kindern und hängte, als sie Weihnachten nach Hause zurückkehrte, ihre hübschen Strümpfe an den Kamin.

Auf seiner nächsten Fahrt fand Santa Claus so viele Strümpfe vor, die in Erwartung seines Besuches aufgehängt worden waren, dass er sie im Nu füllen konnte und nur die Hälfte der Zeit benötigte.

Dieser Brauch breitete sich Jahr für Jahr aus und war Santa Claus stets eine große Hilfe. Und da er so viele Kinder besuchen muss, ist er gewiss auf jede Hilfe angewiesen, die wir ihm geben können.

12 Der erste Weihnachtsbaum

Claus hatte das den Knooks gegebene Versprechen, vor Tagesanbruch ins Lachende Tal zurückzukehren, stets gehalten, doch dies war ihm nur dank der Flinkheit seiner Rentiere möglich, denn er reiste durch die ganze Welt.

Er liebte seine Arbeit, und er liebte die ausgelassene nächtliche Schlittenfahrt und das lustige Klingeln der Schlittenglöckchen. Auf der ersten Fahrt mit den zehn Rentieren trugen nur Glossie und Flossie Glöckchen; danach aber brachte Claus den Kindern des Zwergenkönigs acht Jahre lang jedes Jahr Geschenke, dafür überreichte ihm der gutmütige Monarch bei jedem Besuch eine Schnur mit Glöckchen, sodass zuletzt jedes der zehn Rentiere damit ausgerüstet war. Ihr könnt euch vorstellen, was für eine fröhliche Weise die Glöckchen spielten, wenn der Schlitten über den Schnee glitt.

Die Strümpfe der Kinder waren so lang, dass es vieler Spielzeuge bedurfte, um sie zu füllen, und Claus fand bald heraus, dass es außer Spielzeugen noch andere Dinge gab, die die Kinder liebten. Daher entsandte er einige der Elfen, die sich stets als gute Freunde erwiesen, in die Tropen, von wo sie mit großen Säcken voller Orangen und Bananen zurückkehrten, die sie von den Bäumen gepflückt hatten. Und andere Elfen flogen in das wunderbare Tal Phunnyland, wo an den Büschen dicht an dicht köstliche Süßigkeiten und Bonbons wuchsen, und kehrten schwer beladen mit Kisten voller Naschwerk für die Kleinen zurück. Diese Dinge stopfte Santa Claus an jedem Heiligabend zusammen mit seinem Spielzeug in die langen Strümpfe, und die Kinder freuten sich darüber, da könnt Ihr sicher sein.

Es gibt auch warme Länder, wo im Winter kein Schnee liegt; die suchten Claus und seine Rentiere genauso auf wie die kälteren Gegenden. Kleine Rollen in den Kufen seines Schlittens erlaubten ihnen nämlich, über den nackten Erdboden ebenso ruhig dahinzugleiten wie über Schnee. Und die Kinder, die in warmen Ländern wohnten, kannten den Namen Santa Claus ebenso gut wie jene, die in der Nähe des Lachenden Tals lebten.

Einmal, die Rentiere waren gerade bereit, ihre jährliche Reise anzutreten, kam ein Elf zu Claus und erzählte ihm von drei kleinen Kindern, die in einer weiten Ebene, wo es keinerlei Bäume gab, in einem primitiven Zelt aus Fellen hausten. Die armen Kinder waren elend und unglücklich, denn ihre Eltern kümmerten sich nicht um sie. Claus beschloss, sie vor seiner Heimreise zu besuchen. Auf der Fahrt hob er den buschigen Wipfel einer Kiefer auf, den der Wind umgeknickt hatte, und legte ihn in seinen Schlitten.

Es war schon fast Morgen, als die Rentiere vor dem einsamen Zelt aus Fellen haltmachten, in dem die armen Kinder schliefen. Claus pflanzte den Kiefernwipfel in den Sand und steckte viele Kerzen an die Zweige. Dann hängte er einige seiner hübschesten Spielsachen und mehrere Säckchen mit Naschwerk an den Baum. Es dauerte nicht lange, bis er sein Werk getan hatte, denn Santa Claus arbeitet zügig, und als alles gerichtet war, zündete er die Kerzen an, steckte den Kopf zum Zelteingang hinein und rief: »Fröhliche Weihnachten, ihr lieben Kleinen!«

Dann sprang er auf seinen Schlitten und war außer Sichtweite, noch ehe die Kinder, die sich den Schlaf aus den Augen rieben, herauskommen konnten, um nachzuschauen, wer da gerufen hatte.

Ihr könnt Euch die Verwunderung und die Freude der Kleinen ausmalen, die noch nie in ihrem Leben ein wahres Vergnügen gekannt hatten, als sie im Morgengrauen den

Baum erblickten, der vor lauter Lichtern hell funkelte und mit ausreichend Spielzeug behangen war, um sie für mehrere Jahre glücklich zu machen! Sie fassten sich bei den Händen und tanzten um den Baum herum, riefen und lachten, bis ihnen der Atem ausging. Und auch ihre Eltern kamen heraus, schauten und staunten und hatten fortan mehr Achtung vor ihren Kindern, da Santa Claus sie mit so schönen Geschenken bedacht hatte.

Die Idee des Weihnachtsbaums gefiel Claus, und so nahm er im folgenden Jahr viele davon auf seinem Schlitten mit, stellte sie in den Häusern armer Leute auf, steckte Kerzen an die Zweige und hängte Spielsachen daran. Natürlich konnte er nicht für alle Menschen Bäume befördern, aber in einigen Häusern hatten die Väter die Bäume schon selbst beschafft und aufgestellt, wenn Santa Claus eintraf; und der gute Claus schmückte sie stets so hübsch wie möglich und behängte sie mit genügend Spielzeug für alle Kinder, die herbeikamen, um den festlich beleuchteten Baum zu sehen.

Bald schon sehnten sich die Kinder nach der einen Nacht im Jahr, wenn ihr Freund Santa Claus sie besuchte, und da solche Vorfreude sehr angenehm und tröstlich ist, waren die Kleinen schon glücklich, wenn sie überlegten, was wohl passieren würde, wenn Santa Claus das nächste Mal käme.

Erinnert ihr euch noch an jenen finsteren Baron Braun, der Claus einst aus seiner Burg vertrieb und ihm untersagte, seine Kinder zu besuchen? Nun, viele Jahre später, als der alte Baron tot war und sein Sohn an seiner Stelle herrschte, kam der neue Baron Braun mit einem Gefolge von Rittern, Pagen und Hofleuten zu Santa Claus' Haus, stieg von seinem Streitross und entblößte demütig den Kopf vor dem Freund der Kinder.

»Mein Vater wusste deine Güte und deinen Wert nicht zu schätzen«, sagte er, »deshalb drohte er dir damit, dich im Burggemäuer aufzuhängen. Aber ich habe selbst Kinder, die einen Besuch von Santa Claus herbeisehnen, und ich bin gekommen, dich darum zu bitten, dass du sie in Zukunft ebenso beehrst wie andere Kinder.«

Claus freute sich über diese Rede, denn die Burg des Barons Braun war der einziger Ort, den er noch nie aufgesucht hatte, und gerne versprach er, auch den Kindern des Barons am nächsten Heiligabend Geschenke zu bringen.

Zufrieden ritt der Baron davon, und Claus hielt sein Versprechen.

So eroberte dieser Mann allein durch seine Güte die Herzen aller; kein Wunder, dass er stets heiter und fröhlich war, denn es gab in der weiten Welt kein Haus, in dem ihm nicht ein königlicheres Willkommen entboten wurde als jedem König.

Alter

1 Der Mantel der Unsterblichkeit

Und nun kommen wir zu einem Wendepunkt in der Laufbahn unseres Santa Claus, und es ist meine Pflicht, von dem ungewöhnlichsten Ereignis zu berichten, das sich seit Anbeginn der Welt oder seit Erschaffung der Menschheit zugetragen hat.

Wir haben Claus' Leben seit jener Zeit verfolgt, da er als hilfloser Säugling von der Waldnymphe Necile aufgefunden und im großen Wald von Burzee zum Manne herangezogen wurde. Und wir wissen, wie er begann, Spielzeug anzufertigen, und dieses mit wohlwollender Unterstützung der Unsterblichen unter den Kleinen in aller Welt verteilen konnte.

Viele Jahre lang verrichtete er sein edles Werk, und sein einfaches, arbeitsames Leben gab ihm Gesundheit und Kraft. Zweifellos kann ein Mensch im schönen Lachenden Tal, wo es keinerlei Sorgen gibt und alles friedlich und fröhlich ist, länger leben als in jedem anderen Teil der Welt.

Als jedoch viele Jahre verstrichen waren, wurde Santa Claus alt. Der lange gold-braune Bart, der einst Wangen und Kinn bedeckt hatte, färbte sich allmählich grau und dann schneeweiß. Auch sein Haar war weiß, und er bekam Falten in den Augenwinkeln, die, wenn er lachte, deutlich zu sehen waren. Er war nie ein hochgewachsener Mann gewesen, und nun wurde er dick und watschelte wie eine Ente. Dennoch blieb er so lebhaft, so fröhlich und vergnügt wie eh und je, und seine gütigen Augen sprühten ebenso hell wie an jenem ersten Tag, als er ins Lachende Tal gekommen war.

Doch es naht eine Zeit, da jeder Sterbliche diese Welt verlassen und gegen eine andere eintauschen muss; und so nimmt es nicht wunder, dass seine getreuen Freunde, die Rentiere, die Santa Claus an so vielen Heiligabenden gelenkt hatte, einander schließlich zuflüsterten, dass sie seinen Schlitten vermutlich zum letzten Mal zogen.

Da wurde der Wald von Burzee traurig, und das Lachende Tal verstummte; denn jedes Lebewesen, das Claus kannte, hatte ihn lieben gelernt und freute sich beim Klang seiner Schritte oder seiner fröhlichen Pfeiftöne.

Schließlich hatte sich die Kraft des alten Mannes erschöpft; er fertigte kein Spielzeug mehr an, sondern blieb auf seinem Bett liegen.

Die Nymphe Necile, die ihn großgezogen hatte und seine Pflegemutter gewesen war, sah noch immer jugendlich, kräftig und schön aus, und die Zeitspanne, seit dieser betagte, graubärtige Mann in ihren Armen gelegen und sie mit seinen unschuldigen Kinderlippen angelächelt hatte, mutete sie sehr kurz an.

Darin erweist sich der Unterschied zwischen Sterblichen und Unsterblichen.

Zum Glück kam zu dieser Zeit der Große Ak in den Wald. Necile suchte ihn auf und erzählte ihm verstört von dem Schicksal, das ihrem gemeinsamen Freund Claus drohte.

Da wurde der Gebieter sehr ernst. Er lehnte sich auf seine Axt und strich sich viele Minuten lang gedankenvoll über den ergrauten Bart. Dann richtete er sich plötzlich auf, reckte sehr entschieden sein mächtiges Haupt und streckte seinen rechten Arm aus, als habe er beschlossen, eine große Tat zu vollbringen. Denn ihm war ein so großartiger Gedanke gekommen, dass alle Welt sich vor dem

Herrn über die Waldbewohner verneigen und seinen Namen für immer ehren sollte!

Es ist wohlbekannt, dass der große Ak, hat er erst einmal einen Entschluss gefasst, keinen Augenblick zaudert. Jetzt rief er seine schnellfüßigsten Botschafter herbei und sandte sie in viele Gegenden der Erde aus. Und als sie aufgebrochen waren, tröstete er die ängstliche Necile mit den Worten: »Sei guten Mutes, mein Kind; unser Freund lebt ja noch. Und nun lauf zu deiner Königin und richte ihr aus, dass ich eine Ratsversammlung aller Unsterblichen der Welt einberufen habe, die sich heute Nacht hier in Burzee mit mir treffen sollen. Wenn sie gehorchen und meinen Worten Gehör schenken, wird Claus seine Rentiere für alle Zeiten lenken.«

Um Mitternacht bot sich eine wundersame Szene im Wald von Burzee: Zum ersten Mal seit vielen Jahrhunderten versammelten sich die Herrscher über die Unsterblichen, die die Erde bewohnen.

Da war die Königin der Wassergeister, deren schöne Gestalt klar wie Kristall war, aber unaufhörlich Wasser auf das Moosufer tröpfeln ließ, an dem sie saß. Neben ihr stand der König der Sandmänner, der einen Zauberstab trug, von dessen Ende feiner Staub herabrieselte, sodass kein Sterblicher lange genug wach blieb, um ihn je zu Gesicht zu bekommen, denn sobald sie mit Staub gefüllt waren, fielen jedem Sterblichen die Augen zu. Und neben ihm saß der Zwergenkönig, dessen Untertanen ein Gebiet unter der Erdoberfläche bewohnen, wo sie die Edelmetalle und Edelsteine bewachen, die in Felsen und Gestein begraben liegen. Zu seiner Rechten stand der König der Klangkobolde, der Flügel an den Füßen hatte, denn seine Untertanen tragen jeden erzeugten Schall rasch weiter. Wenn sie viel zu tun haben, tragen sie den Schall nur eine kurze Strecke weit, denn ihrer sind viele; manchmal aber sausen sie mit dem Schall an Orte, die meilenweit entfernt sind von denen, wo sie erzeugt wurden. Der König der Klangkobolde hatte ein sorgenvolles und verhärmtes Gesicht, denn die meisten Leute, vor allem Jungen und Mädchen, nehmen keine Rücksicht auf seine Kobolde und machen zahlreiche überflüssige Geräusche, die die Kobolde weitertragen müssen, obwohl sie anderweitig besser beschäftigt wären.

Der Nächste im Kreis der Unsterblichen war der König der Winddämonen, von schlankem Wuchs, rastlos und nervös, wenn er auch nur für eine Stunde an einen Ort gefesselt war. Gelegentlich verließ er seine Wohnstatt und umkreiste die Lichtung, und dann musste die Elfenkönigin jedes Mal ihre wehenden goldenen Locken entwirren und sie hinter ihre rosigen Ohren stecken. Aber sie beklagte sich nicht, denn es geschah nicht oft, dass der König der Winddämonen ins Herz des Waldes vordrang. Nach der Elfenkönigin, die, wie ihr wisst, ihr Zuhause im alten Burzee hatte, kam der König der Lichtelfen mit seinen beiden Fürsten Flash und Twilight. Ohne seine Fürsten ging er nirgendwohin, waren sie doch so übermütig, dass er es nicht wagte, sie allein losziehen zu lassen.

Fürst Flash trug in der Rechten einen Blitzstrahl und in der Linken ein Horn mit Schießpulver, und seine hellen Augen schweiften unablässig umher, als wolle er seine blendenden Blitze verschießen. Fürst Twilight hielt einen großen Kerzenlöscher in der einen Hand und einen schwarzen Umhang in der anderen. Wenn Twilight nicht sorgfältig überwacht wird, hüllt sein Kerzenlöscher oder sein Umhang alles in Dunkel, und Dunkelheit ist der größte Widersacher des Königs der Lichtelfen.

Zusätzlich zu diesen Unsterblichen war auch der König

der Knooks aus seiner Heimat in den Dschungeln Indiens gekommen, ebenso der König der Ryls, der unter den bunten Blumen und köstlichen Früchten Valencias lebt. Die liebliche Zurline, Königin der Waldnymphen, vervollständigte den Kreis der Unsterblichen.

Doch in der Mitte des Kreises saßen drei, die über so gewaltige Kräfte verfügten, dass ihnen sämtliche Könige und Königinnen ihre Ehrerbietung erwiesen.

Diese waren Ak, der Herr über die Waldbewohner der Welt, der über Wälder, Obstplantagen und Haine herrscht; Kern, der Meisterlandwirt der Welt, der über Kornfelder, Wiesen und Gärten herrscht; sowie Bo, der Meisterseemann der Welt, der über die Meere herrscht und über alle Schiffe, die sie befahren. Und diesen dreien sind alle anderen Unsterblichen mehr oder weniger untertan.

Als alle versammelt waren, erhob sich der Herr über die Waldbewohner der Welt, um eine Ansprache zu halten, da er es war, der die Ratsversammlung einberufen hatte.

Ausführlich erzählte er ihnen Claus' Geschichte. Er begann mit der Zeit, da der Säugling als Kind des Waldes adoptiert worden war, und berichtete von seiner edelmütigen und großherzigen Natur und von seinen lebenslangen Bemühungen, Kinder glücklich zu machen.

»Und jetzt«, sprach Ak, »wo er die Liebe der ganzen Welt errungen hat, schwebt die Todesfee über ihm. Von allen Menschen, die die Erde bewohnt haben, verdient kein anderer so sehr die Unsterblichkeit, denn auf ein solches Leben kann nicht verzichtet werden, solange es Menschenkinder gibt, die ihn vermissen und seinen Verlust betrauern. Wir Unsterbliche sind die Diener der Welt, und um der Welt zu dienen, durften wir von Anbeginn existieren. Doch wer von uns ist der Unsterblichkeit würdiger als Claus, ein Mensch, der so liebevoll für die kleinen Kinder sorgt?«

Er hielt inne und blickte in der Runde umher. Jeder der Unsterblichen hatte ihm gespannt und unter beifälligem Nicken zugehört. Schließlich rief der König der Winddämonen, der leise vor sich hingepfiffen hatte: »Was ist dein Begehr, o Ak?«

»Claus den Mantel der Unsterblichkeit zu verleihen!«, sprach Ak unerschrocken.

Dass diese Forderung völlig unerwartet kam, zeigte sich daran, dass die Unsterblichen aufsprangen und einander bestürzt ansahen, dann starrten sie verwundert auf Ak. Denn sich vom Mantel der Unsterblichkeit zu trennen war eine schwerwiegende Angelegenheit.

Die Königin der Wassergeister sprach mit ihrer leisen, klaren Stimme, und ihre Worte klangen wie Regentropfen, die auf eine Fensterscheibe spritzen.

»In der ganzen Welt gibt es nur einen Mantel der Unsterblichkeit«, sagte sie.

Der König der Sandmänner fügte hinzu: »Es gibt ihn seit Anbeginn, und kein Sterblicher hat je gewagt, Anspruch auf ihn zu erheben.«

Und der Meisterseemann der Welt erhob sich, streckte seine Glieder und sagte: »Einem Sterblichen kann er nur mit den Stimmen aller Unsterblichen verliehen werden.«

»Das alles weiß ich«, antwortete Ak ruhig. »Aber den Mantel gibt es, und wenn er, wie du sagst, zu Anbeginn geschaffen wurde, dann deswegen, weil der Höchste Herr wusste, dass er eines Tages benötigt werden würde. Bis heute hat kein Sterblicher ihn verdient, aber wer unter euch wagt zu leugnen, dass der gute Claus seiner würdig ist? Wollt ihr nicht alle dafür stimmen, ihm den Mantel zu verleihen?«

Die anderen schwiegen und blickten einander noch immer fragend an.

»Wozu soll der Mantel der Unsterblichkeit gut sein, wenn er nicht getragen wird?«, wollte Ak wissen. »Was nützt es irgendeinem von uns, ihn für alle Zeiten in seinem einsamen Schrein zu belassen?«

»Genug!«, rief der Zwergenkönig abrupt. »Wir werden mit Ja oder Nein über die Sache abstimmen. Ich für mein Teil sage ja!«

»Ich auch!«, pflichtete die Elfenkönigin ihm rasch bei, und Ak belohnte sie mit einem Lächeln.

»Meine Untertanen in Burzee sagen mir, dass sie ihn lieben gelernt haben; daher stimme ich dafür, Claus den Mantel zu verleihen«, ließ sich der König der Ryls vernehmen.

»Er ist bereits ein Kamerad der Knooks«, verkündete der alte König jener Schar. »Verleiht ihm Unsterblichkeit!«

»Verleiht sie ihm – verleiht sie ihm!«, seufzte der König der Winddämonen.

»Warum nicht?«, sagte der König der Sandmänner. »Nie stört er den Schlummer, den meine Untertanen der Menschheit gönnen. Lasst den guten Claus unsterblich sein!«

»Ich habe keine Einwände«, meinte der König der Klangkobolde.

»Ich auch nicht«, murmelte die Königin der Wassergeister.

»Wenn Claus nicht den Mantel empfängt, ist klar, dass kein anderer ihn je für sich beanspruchen kann«, bemerkte der König der Lichtelfen, »also lasst uns die Sache ein für alle Mal erledigen.«

»Die Waldnymphen waren die Ersten, die ihn adoptiert haben«, sagte Königin Zurline. »Natürlich stimme ich dafür, ihn unsterblich zu machen.«

Nunmehr wandte sich Ak an den Meisterlandwirt der Welt, der den rechten Arm hob und »Ja!« sagte.

Und der Meisterseemann der Welt tat desgleichen. Danach rief Ak freudestrahlend und mit funkelnden Augen: »Ich danke euch, Unsterbliche! Ihr habt alle mit ›Ja‹ gestimmt, und so soll unserem lieben Claus der Mantel der Unsterblichkeit zufallen, den zu verleihen in unserer Macht steht!«

»Wir wollen ihn sofort holen«, sagte der König der Sandmänner. »Ich bin in Eile.«

Sie verneigten sich zustimmend, und gleich darauf lag die Waldlichtung wieder verlassen. Doch an einem Ort auf halbem Wege zwischen Himmel und Erde schwebte ein schimmerndes Gewölbe aus Gold und Platin, das leuchtete von dem sanften Licht, welches die Facetten zahlloser Edelsteine verbreiteten. In einer hohen Kuppel hing der kostbare Mantel der Unsterblichkeit, und jeder Unsterbliche legte eine Hand an den Saum des prächtigen Gewandes und sprach wie aus einem Munde: »Mit diesem Mantel bekleiden wir Claus, der da heißt Schutzheiliger der Kinder!«

Da löste sich der Mantel aus seinem hohen Gewölbe, und sie brachten ihn zu dem Haus im Lachenden Tal.

Dicht neben Claus' Bett kauerte die Todesfee, und als die Unsterblichen sich nahten, sprang sie auf und scheuchte sie mit zorniger Gebärde zurück. Als jedoch ihr Blick auf den Mantel fiel, erschauerte sie, stöhnte enttäuscht und verließ für immer das Haus.

Vorsichtig ließ die schweigsame Schar der Unsterblichen den kostbaren Mantel auf Claus herabfallen. Er legte sich um seinen Körper, dann war er ihren Blicken entzogen. Der Mantel wurde Teil seines Wesens, und weder Sterbliche noch Unsterbliche können ihn Claus jemals wegnehmen.

Nach dieser großen Tat zerstreuten sich die Könige und

Königinnen und kehrten zu ihren Wohnstätten zurück, und alle waren hochzufrieden, dass sie ihrer Schar einen weiteren Unsterblichen hinzugefügt hatten.

Und Claus schlief weiter. Rasch rollte das rote Blut ewigen Lebens durch seine Adern, auf seiner Stirn war ein winziger Wassertropfen, der vom schmelzenden Gewand der Königin der Wassergeister herabgefallen war, und über seinen Lippen schwebte ein zärtlicher Kuss, den die liebliche Nymphe Necile ihm aufgedrückt hatte. Denn als die anderen bereits gegangen waren, hatte sie sich hereingestohlen, um die unsterbliche Gestalt ihres Pflegesohns voller Entzücken zu betrachten.

2 Als die Welt alterte

Als Santa Claus am nächsten Morgen die Augen aufschlug und sich in seinem vertrauten Zimmer umblickte, von dem er schon befürchtet hatte, dass er es nie wiedersehen würde, stellte er zu seinem Erstaunen fest, dass seine alte Kraft wiederhergestellt war, und er spürte, wie das rote Blut vollkommener Gesundheit durch seine Adern floss. Er sprang aus dem Bett und stellte sich ans Fenster, durch das heller Sonnenschein fiel und ihn mit lustig tanzenden Strahlen überflutete. Er verstand nicht, was sich ereignet hatte, dass ihm die Kraft der Jugend wiedergeschenkt worden war. Obwohl sein Bart noch immer schneeweiß war und die Falten in den Winkeln seiner hellen Augen zurückgeblieben waren, fühlte sich der alte Santa Claus so frisch und fröhlich wie ein Junge von sechzehn Jahren und pfiff zufrieden vor sich hin, während er sich der Herstellung neuer Spielsachen widmete.

Dann kam Ak zu ihm und erzählte ihm vom Mantel der

Unsterblichkeit, den Claus durch seine Liebe zu den Kindern errungen habe.

Bei dem Gedanken, dass er so bevorzugt worden war, blickte der alte Santa einen Augenblick lang ernst drein; als er aber merkte, dass er nun nie mehr Angst davor haben musste, von seinen Lieben getrennt zu werden, war er doch froh. Sofort begann er mit den Vorbereitungen zu einer bemerkenswerten Kollektion hübscher und unterhaltsamer Spielsachen, und in größeren Mengen als je zuvor; denn nun, da er sich allzeit seiner Arbeit widmen konnte, beschloss er, dass fortan kein Kind in dieser Welt, ob arm oder reich, ohne Weihnachtsgeschenke bleiben sollte.

Die Welt war neu in jenen Tagen, als der liebe alte Santa Claus mit der Spielzeugherstellung begann und durch seine liebevollen Taten den Mantel der Unsterblichkeit erlangte. Und die Aufgabe, alle Menschenkinder mit aufmunternden Worten, Mitgefühl und hübschen Spielsachen zu versorgen, schien kein schwieriges Unterfangen. Doch mit jedem Jahr wurden mehr und mehr Kinder in die Welt hineingeboren, und wenn sie erwachsen waren, breiteten sie sich allmählich über den gesamten Erdball aus und suchten neue Wohnungen; und Santa Claus fand heraus, dass seine Reisen ihn jedes Jahr immer weiter weg vom Lachenden Tal führten und die Bündel mit Spielsachen immer größer wurden.

So beriet er sich schließlich mit den anderen Unsterblichen, wie seine Arbeit mit der wachsenden Kinderzahl Schritt halten könne, damit niemand vernachlässigt werde. Die Unsterblichen verfolgten seinen Anstrengungen mit Interesse und gewährten ihm gerne Unterstützung. Ak gab ihm seinen Diener Kilter zur Seite, »den Stummen und Flinken«. Der Fürst der Knooks gab ihm Peter, der buckliger, aber weniger mürrisch war als irgendeiner seiner Brüder. Der Fürst der Ryls gab ihm Nuter, den gutmütigsten Ryl, den man je erlebt hatte. Und die Elfenkönigin gab ihm Wisk, jenen winzigen, schelmischen, aber liebenswerten Elf, der heute fast ebenso viele Kinder kennt wie Santa Claus selbst.

Diese Leutchen halfen ihm, Spielzeug anzufertigen, sein Haus in Ordnung zu halten und sich um den Schlitten und das Geschirr zu kümmern, und so fiel es Santa Claus viel leichter, seine jährliche Fuhre Geschenke vorzubereiten, und bald verlief ein Tag nach dem anderen reibungslos und angenehm.

Doch schon nach ein paar Generationen stellten sich seine Sorgen wieder ein. Die Zahl der Menschen wuchs, und es gab immer mehr Kinder, die besucht werden mussten. Wenn die Menschen sämtliche Städte und Regionen eines Landes bevölkert hatten, wanderten sie in einen anderen Teil der Welt aus; und in vielen der großen Wälder, über die Ak geherrscht hatte, fällten die Männer Bäume; mit dem Holz erbauten sie neue Städte, und wo die Wälder gestanden hatten, waren jetzt Kornfelder und Herden grasender Kühe zu sehen.

Vielleicht denkt ihr, dass der Herr über die Waldbewohner gegen den Verlust seiner Wälder aufbegehrt hätte; dem war aber nicht so. Aks Weisheit war umfassend und umsichtig.

»Die Welt ist für die Menschen gemacht«, sagte er zu Santa Claus, »und ich habe die Wälder nur so lange bewacht, bis die Menschen sie sich zunutze machten. Ich bin froh, dass meine starken Bäume den schwachen Körpern der Menschen Obdach bieten und sie in den kalten Wintern wärmen. Aber ich hoffe doch, dass sie nicht alle Bäume fällen werden, denn die Menschen bedürfen des

Schutzes der Wälder im Sommer ebenso wie der Wärme der lodernden Scheite im Winter. Und so überfüllt die Welt auch sein mag, ich glaube nicht, dass die Menschen je nach Burzee vordringen werden, oder in den Großen Schwarzen Wald, oder in die bewaldete Wildnis von Braz; es sei denn, sie suchen deren Schatten zum Vergnügen und nicht, um die riesigen Bäume zu zerstören.«

Irgendwann bauten die Menschen aus den Baumstämmen Schiffe, durchquerten Ozeane und errichteten Städte in fernen Ländern; doch was die Reisen unseres Santa Claus betraf, so machten die Ozeane kaum einen Unterschied. Über Gewässer sausten seine Rentiere ebenso geschwind wie über Land, und sein Schlitten folgte dem Lauf der Sonne von Osten nach Westen. Da die Erde sich dreht, hatte Santa Claus jeden Heiligabend volle vierundzwanzig Stunden zur Verfügung, sie zu umkreisen, und die flinken Rentiere genossen die wunderbaren Reisen mehr und mehr.

So wurde die Welt Jahr für Jahr, Generation für Generation und Jahrhundert für Jahrhundert älter, die Menschen wurden zahlreicher, und das Arbeitspensum unseres Santa Claus nahm stetig zu. Der Ruhm seiner guten Taten drang bis in jeden Haushalt, in dem Kinder lebten. Und all die Kleinen liebten ihn innig; und die Väter und Mütter ehrten ihn wegen des Glücks, mit dem er sie beschenkt hatte, als sie selbst jung gewesen waren; und die betagten Großväter und Großmütter erinnerten sich seiner voll zärtlicher Dankbarkeit und segneten seinen Namen.

3 Santas Stellvertreter

Es gab jedoch ein Übel, das dem Vormarsch der Zivilisation folgte und Santa Claus eine Unmenge Sorgen bereitete, bis er eine Möglichkeit entdeckte, es zu überwinden. Zum Glück war es die letzte Prüfung, der er sich unterziehen musste.

Eines Heiligabends, als seine Rentiere auf das Dach eines neuen Gebäudes gesprungen waren, entdeckte Santa Claus zu seiner Verwunderung, dass der Kamin viel enger war als gewöhnlich. Aber er hatte keine Zeit, darüber nachzudenken, daher zog er den Bauch ein, machte sich so klein wie möglich und rutschte den Kamin hinab.

»Inzwischen müsste ich doch längst unten sein«, dachte er, während er weiter nach unten rutschte; aber er sah einfach keine offene Feuerstelle, und irgendwann erreichte er das Ende des Kamins, das sich im Keller befand.

»Wie merkwürdig!«, überlegte er, verwirrt von dem Erlebnis. »Wenn es keine Feuerstelle gibt, wozu in aller Welt soll der Kamin gut sein?«

Da begann er wieder nach oben zu klettern, was er äußerst anstrengend fand – der Kamin war viel zu eng. Und auf seinem Weg nach oben bemerkte er eine dünnes, rundes Rohr, das aus der Kaminwand ragte, konnte aber nicht erraten, wofür es bestimmt war.

Schließlich kletterte er aufs Dach und sagte zu den Rentieren: »Ich weiß nicht, warum ich den Kamin überhaupt hinabgestiegen bin, denn ich habe keine Feuerstelle gefunden, durch die ich ins Haus hätte gelangen können. Ich fürchte, die Kinder, die hier wohnen, müssen diese Weihnachten ohne Spielsachen auskommen.«

Dann fuhr er weiter, doch schon bald kam er zu einem anderen neuen Haus mit engem Kamin. Santa Claus schüttelte unschlüssig den Kopf, dann probierte er den Kamin aber doch aus und stellte fest, dass er genauso beschaffen war wie der erste. Außerdem wäre er in dem engen Schacht beinahe stecken geblieben, und bei dem Versuch, sich wieder hinaufzuzwängen, zerriss er sich das Jackett; daher wagte er es nicht, in jener Nacht weitere Kamine hinabzusteigen, obwohl er noch etlichen davon begegnete.

»Was in aller Welt denken sich die Leute, solch unnütze Kamine zu bauen?«, rief er. »Dergleichen habe ich in all den Jahren, die ich mit meinen Rentieren gereist bin, noch nicht gesehen.«

Das stimmte; Santa Claus hatte noch nicht gemerkt, dass der Ofen erfunden worden war und rasch zur Verwendung gelangte. Als er es endlich herausfand, fragte er sich, wie die Erbauer dieser Häuser so wenig Rücksicht auf ihn nehmen konnten, wo sie doch genau wussten, dass es seine Gewohnheit war, Kamine hinabzusteigen und die Häuser über die Feuerstellen zu betreten. Vielleicht waren die Menschen, die diese Häuser gebaut hatten, ihrer eigenen Liebe zu Spielsachen entwachsen, und es war ihnen einerlei, ob Santa Claus ihre Kinder besuchte oder nicht. Wie immer die Erklärung lauten mochte, die Bürde des Kummers und der Enttäuschung mussten die armen Kinder tragen.

Im folgenden Jahr stieß Santa Claus auf immer mehr dieser neumodischen Kamine, die keine Feuerstellen hatten, und im Jahr darauf auf noch mehr. Im dritten Jahr waren die engen Kamine so zahlreich geworden, dass er am Ende seiner Reise auf seinem Schlitten sogar noch ein paar Spielsachen übrig hatte, weil er nicht zu den Kindern gelangt war.

Die Lage war ernst, und der gute Mann machte sich große Sorgen. Er beschloss, sich mit Kilter und Peter und Nuter und Wisk zu bereden.

Kilter wusste bereits Bescheid, denn er hatte die Aufgabe, kurz vor Weihnachten in sämtliche Häuser zu eilen und all die Zettel einzusammeln, auf denen die Kinder an Santa Claus geschrieben hatten, was sie sich für ihre Strümpfe oder ihre Weihnachtsbäume wünschten. Aber Kilter war ein schweigsamer Gesell und sprach nur selten davon, was er in Städten und Dörfern sah. Die anderen waren sehr empört.

»Diese Leute benehmen sich, als wünschten sie gar nicht, dass man ihre Kinder glücklich macht!«, sagte der vernünftige Peter ärgerlich. »Einen so großzügigen Freund ihrer Kleinen einfach auszusperren!«

»Aber es ist meine Absicht, Kinder glücklich zu machen, ob ihre Eltern es nun wünschen oder nicht«, erwiderte Santa Claus. »Vor Jahren, als ich damit begann, Spielzeug anzufertigen, wurden die Kinder von ihren Eltern noch stärker vernachlässigt als jetzt; so habe ich gelernt, gedankenlosen oder selbstsüchtigen Eltern keine Beachtung zu schenken, sondern nur die Sehnsüchte der Kindheit zu berücksichtigen.«

»Du hast recht, Meister«, sagte Nuter der Ryl, »viele Kinder hätten gar keinen Freund, wenn du nicht an sie denken und versuchen würdest, sie glücklich zu machen.«

»Dann«, erklärte der lachende Wisk, »müssen wir jeden Gedanken daran, diese neumodischen Kamine zu benutzen, aufgeben, und Einbrecher werden und auf andere Weise in die Häuser zu gelangen.«

»Wie denn?«, fragte Santa Claus.

»Nun, Wände aus Stein, Holz und Verputz sind für Elfen kein Hindernis. Ich kann mühelos durch Wände gehen, wann immer ich es wünsche, ebenso Peter, Nuter und Kilter. Stimmt's, Kameraden?«

»Wenn ich die Briefe einsammele, gehe ich oft durch Wände«, sagte Kilter. Das war für ihn schon eine sehr lange Rede, und Peter und Nuter waren so überrascht, dass ihnen die großen runden Augen aus dem Kopf traten.

»Deswegen kannst du uns auf deiner nächsten Reise mitnehmen«, fuhr der Elf fort, »und wenn wir zu einem dieser Häuser mit Öfen kommen, werden wir das Spielzeug unter den Kindern verteilen, ohne dass wir den Kamin benutzen müssen.«

»Das scheint mir ein guter Plan zu sein«, erwiderte Santa Claus, erfreut darüber, das Problem gelöst zu haben. »Nächstes Jahr probieren wir's aus.«

So kam es, dass der Elf, der Wichtel, der Knook und der Ryl am folgenden Heiligabend allesamt mit ihrem Meister auf dem Schlitten fuhren; und sie hatten keine Mühe, die neumodischen Häuser zu betreten und für die Kinder, die darin lebten, Spielzeug dazulassen.

Ihre geschickten Dienste nahmen Santa Claus nicht nur viel Arbeit ab, sondern ermöglichten es ihm, sein Werk rascher als gewöhnlich zu erledigen, sodass sich die fröhliche Gesellschaft bereits eine volle Stunde vor Tagesanbruch mit leerem Schlitten zu Hause wiederfand.

Der einzige Nachteil der Reise bestand darin, dass der schelmische Wisk es nicht lassen konnte, die Rentiere mit einer langen Feder zu kitzeln, damit sie Sprünge machten; und Santa Claus musste ständig auf ihn aufpassen und ihn ein- oder zweimal in die langen Ohren zu kneifen, damit er sich benahm.

Alles in allem aber war die Reise ein großer Erfolg, und bis auf den heutigen Tag begleiten die vier kleinen Leutchen Santa Claus stets auf seiner jährlichen Fahrt und helfen ihm dabei, seine Geschenke zu verteilen.

Doch die Gleichgültigkeit der Eltern, die den guten Heiligen so gestört hatte, hielt nicht sehr lange vor, und bald merkte Santa Claus, dass sie eigentlich darauf bedacht waren, dass er am Heiligabend ihre Häuser aufsuchte und ihren Kindern Geschenke hinterließ.

Um sich seine Aufgabe zu erleichtern, die schnell sehr schwierig wurde, beschloss der alte Santa daher, die Eltern um Unterstützung zu bitten.

»Haltet eure Weihnachtsbäume für meine Ankunft bereit«, sagte er zu ihnen, »dann werde ich die Geschenke ohne Zeitverlust ablegen können, und wenn ich fort bin, könnt ihr sie am Baum aufhängen.«

Und zu anderen sagte er: »Seht zu, dass die Strümpfe der Kinder rechtzeitig vor meiner Ankunft im Kamin hängen, dann kann ich sie im Nu füllen.«

Und oft, wenn es freundliche und gutmütige Eltern waren, schleuderte Santa Claus sein Paket mit Geschenken einfach hinab und überließ es den Vätern und Müttern, die Strümpfe zu füllen, sobald er in seinem Schlitten davongebraust war.

»Ich will alle liebevollen Eltern zu meinen Stellvertretern machen!«, rief der fröhliche alte Gesell. »Und sie werden mir bei meiner Arbeit helfen. Denn so spare ich viele kostbare Minuten und werde nur wenige Kinder vernachlässigen müssen, weil ich keine Zeit habe, sie zu besuchen.«

Der alte Santa beförderte jetzt nicht nur große Pakete in seinem fliegenden Schlitten, sondern fing an, den Spielzeugläden hohe Stapel Spielsachen zuzuschicken, sodass die Eltern, wenn sie größere Bestände für ihre Kinder wünschten, diese mühelos erhalten konnten; und wenn Santa Claus auf seiner jährlichen Runde zufällig irgendwelche Kinder verpasste, konnten sie in die Spielzeugläden gehen und genügend Spielzeug erstehen, das sie glücklich und zufrieden machte. Denn der liebevolle Freund der Kleinen beschloss, dass sich, solange er es verhindern konnte, kein Kind vergebens nach Spielzeug sehnen sollte. Die Spielzeugläden erwiesen sich auch dann als praktisch, wenn ein Kind erkrankte und ein neues Spielzeug brauchte, um sich zu erfreuen; auch an Geburtstagen gehen Väter und Mütter manchmal in die Spielzeugläden und besorgen ihren Kindern hübsche Geschenke.

Vielleicht versteht ihr jetzt, warum Santa Claus trotz der Größe der Welt in der Lage ist, alle Kinder mit schönen Geschenken zu versehen. Gewiss, heutzutage bekommen sie den alten Herrn nur selten zu Gesicht; aber ich versichere euch, das liegt nicht daran, dass er versucht, sich ihren Blicken zu entziehen. Santa Claus ist derselbe liebevolle Freund der Kinder, der schon in den guten alten Tagen stundenlang mit ihnen gespielt und gebalgt hatte; und ich weiß, wenn er Zeit hätte, würde er heute das Gleiche tun. Aber versteht ihr, das ganze Jahr über ist er vollauf damit beschäftigt, Spielzeug herzustellen, und hat es in der einen Nacht, wenn er unsere Häuser mit seinen Bündeln besucht, so eilig, dass er kommt und geht wie der Blitz; und es ist fast unmöglich, einen Blick auf ihn zu erhaschen.

Und obwohl es Millionen und Abermillionen mehr Kinder in der Welt gibt als früher, ist nicht bekannt, dass sich Santa Claus je über ihre wachsende Zahl beklagt hätte.

»Je mehr, desto besser!«, ruft er mit seinem fröhlichen Lachen; und der einzige Unterschied zu früher ist die Tatsache, dass seine kleinen Arbeiter ihre emsigen Finger jedes Jahr noch schneller rühren müssen, um den Bedarf so vieler Kleinen zu decken.

»In der ganzen Welt ist nichts so schön wie ein glückliches Kind«, sagt der gute alte Santa Claus; und wenn es nach ihm ginge, wären alle Kinder schön, denn alle wären glücklich.

Die Entführung des Santa Claus

Santa Claus wohnt im Lachenden Tal, wo das große, weitläufige Schloss steht, in dem sein Spielzeug hergestellt wird. Seine Helfer, ausgewählte Ryls, Knooks, Wichtel und Elfen, wohnen bei ihm, und von einem Jahresende zum anderen hat jeder von ihnen alle Hände voll zu tun.

Das Tal heißt Lachendes Tal, weil alles dort glücklich und fröhlich ist. Das Bächlein kichert in sich hinein und hüpft vergnügt zwischen seinen grünen Ufern dahin; der Wind pfeift heiter durch die Bäume, die Sonnenstrahlen tanzen leichtfüßig über das grüne Gras, und Veilchen und Wiesenblumen lächeln aus ihren grünen Nestern. Um zu lachen, muss man glücklich sein; um glücklich zu sein, muss man zufrieden sein. Und im Lachenden Tal des Santa Claus herrscht uneingeschränkte Zufriedenheit.

Auf einer Seite des Tals liegt der mächtige Wald von Burzee. Auf der anderen steht der riesige Berg, in dem sich die Höhlen der Dämonen befinden. Und dazwischen liegt lächelnd und friedvoll das Tal.

Man möchte meinen, dass unser guter alter Santa Claus, der seine Zeit damit verbringt, Kinder glücklich zu machen, auf Erden keine Feinde hätte; und tatsächlich begegnete ihm für lange Zeit nichts als Liebe, wohin er auch ging.

Doch die Dämonen, die in den Berghöhlen leben, begannen Santa Claus von ganzem Herzen zu hassen, und zwar aus dem einfachen Grund, weil er die Kinder glücklich machte.

Insgesamt gibt es fünf Dämonenhöhlen. Ein breiter Weg führt hinauf zur ersten Höhle, einem schönen Gewölbe am Fuße des Berges, dessen Eingang mit herrlichen Schnitzereien verziert ist. Hier haust der Dämon der Selbstsucht.

Dahinter liegt eine weitere Höhle, die vom Dämon des Neides bewohnt wird. Die nächste Höhle gehört dem Dämon des Hasses, und durch diese gelangt man zur Wohnstätte des Dämons der Bosheit – einer dunklen, schauerlichen Höhle tief im Innern des Berges. Was dahinter liegt, weiß ich nicht. Manche sagen, dass dort schreckliche Fallen ausliegen, die zu Tod und Zerstörung führen, und damit könnten sie durchaus recht haben. Allerdings führt von jeder der vier Höhlen ein kleiner, schmaler Tunnel zur fünften Höhle – einem gemütlichen kleinen Raum, den der Dämon der Reue bewohnt. Und da die felsigen Böden dieser Gänge von vielen Fußstapfen schon ganz abgewetzt sind, nehme ich an, dass zahlreiche Wanderer den Dämonenhöhlen durch diesen Tunnel in die Behausung des Dämons der Reue entwichen sind, der ein angenehmer Gesell sein soll und einem gern eine kleine Tür öffnet, durch die man wieder an die frische Luft und in den Sonnenschein gelangt.

Nun, diese Höhlendämonen glaubten, sie hätten guten Grund, den alten Santa Claus zu hassen, und eines Tages hielten sie eine Versammlung ab, um die Angelegenheit zu besprechen.

»Ich bin schon ganz einsam«, sagte der Dämon der Selbstsucht. »Denn Santa Claus verteilt unter den Kindern so viele hübsche Weihnachtsgeschenke, dass sie seinem Beispiel folgen, glücklich und großzügig werden und sich von meiner Höhle fernhalten.«

»Ich habe die gleichen Sorgen«, erwiderte der Dämon des Neides. »Die Kleinen scheinen mit Santa Claus ganz zufrieden zu sein, und tatsächlich gibt es nur wenige, die ich beschwatzen kann, neidisch zu werden.«

»Und das ist nicht gut für mich!«, erklärte der Dämon des Hasses. »Denn wenn durch die Höhlen der Selbstsucht und des Neides keine Kinder kommen, dann erreicht *meine* Höhle niemand.«

»Meine auch nicht«, fügte der Dämon der Bosheit hinzu.

»Was mich betrifft«, sagte der Dämon der Reue, »so ist es offensichtlich, dass Kinder, die eure Höhlen nicht besuchen, meine auch nicht zu besuchen brauchen; ich werde also genauso vernachlässigt wie ihr.«

»Und all das wegen dieser Person, den sie Santa Claus nennen!«, rief der Dämon des Neides. »Er treibt uns in den Ruin, und wir müssen sofort etwas dagegen unternehmen.«

Dem stimmten sie bereitwillig zu; doch was dagegen unternommen werden sollte, war eine andere, weitaus schwierigere Frage. Sie wussten, dass Santa Claus das ganze Jahr über in seinem Schloss im Lachenden Tal arbeitete, um die Geschenke vorzubereiten, die er am Heiligabend verteilen würde; und zuallererst beschlossen sie, ihn in ihre Höhlen zu locken und zu den schrecklichen Fallen zu führen, wo ihn Zerstörung erwartete.

Gleich am nächsten Tag, als Santa Claus, umringt von seiner kleinen Helfertruppe, fleißig bei der Arbeit war, kam der Dämon der Selbstsucht zu ihm und sagte: »Diese Spielsachen sind so bunt und wunderschön. Warum behältst du sie nicht für dich? Sie sind doch viel zu schade, um sie den lärmenden Jungen und quengeligen Mädchen zu schenken, die sie so schnell kaputt machen.«

»Unsinn!«, rief der alte Graubart, und seine hellen Augen funkelten fröhlich, als er sich dem hinterlistigen Dämon zuwandte. »Die Jungen und Mädchen lärmen und quengeln nie, wenn sie meine Geschenke bekommen, und wenn ich sie an einem Tag im Jahr glücklich machen kann, bin ich zufrieden.«

So ging der Dämon zurück zu den anderen, die in ihren Höhlen auf ihn warteten, und sagte: »Ich bin gescheitert, denn Santa Claus ist kein bisschen selbstsüchtig.«

Am folgenden Tag suchte der Dämon des Neides Santa Claus auf. Er sagte: »Die Spielzeugläden sind voller Spielsachen, die genauso hübsch sind wie deine. Wie schade, dass sie sich in dein Geschäft einmischen! Mit ihren Maschinen produzieren sie das Spielzeug viel schneller, als du es von Hand anfertigen kannst; und sie verkaufen es für Geld, während du für all deine Arbeit gar nichts bekommst.«

Doch Santa Claus weigerte sich, auf die Spielzeugläden neidisch zu sein.

»Ich kann die Kleinen nur einmal im Jahr beschenken – am Heiligabend«, erwiderte er, »denn es gibt viele Kinder, aber nur einen Santa Claus. Und da ich meine Arbeit aus Liebe und Güte verrichte, würde ich mich schämen, für meine kleinen Geschenke Geld zu bekommen. Aber die Kinder müssen das ganze Jahr über unterhalten werden, und deshalb können die Spielzeugläden meinen kleinen Freunden viel Freude bereiten. Ich mag die Spielzeugläden und freue mich über ihren Erfolg.«

Trotz der zweiten Abfuhr wollte auch der Dämon des Hasses versuchen, Santa Claus zu beeinflussen. Also betrat er am nächsten Tag die geschäftige Werkstatt und sagte: »Guten Morgen, Santa Claus! Ich habe schlechte Nachrichten für dich.«

»Dann sei ein braver Junge und geh wieder«, erwiderte Santa Claus. »Schlechte Nachrichten sollte man geheim halten und niemals weitererzählen.«

»Dieser Nachricht kannst du dich aber nicht verschließen«, erklärte der Dämon, »denn auf der Welt gibt es viele, die nicht an Santa Claus glauben, und dafür, dass sie dir ein solches Unrecht antun, musst du sie doch bitterlich hassen.«

»Papperlapapp!«, rief Santa Claus.

»Und es gibt andere, die es dir verübeln, dass du die Kinder glücklich machst, die dich verhöhnen und ein närrisches altes Plappermaul schimpfen! Du hast jedes Recht, so gemeine Verleumder zu hassen, und solltest dich an ihnen rächen für ihre bösen Worte.«

»Aber ich hasse sie nicht!«, rief Santa Claus aus dem Brustton der Überzeugung. »Solche Leute können mir nichts anhaben, damit machen sie nur sich selbst und ihre Kinder unglücklich. Die Armen! Viel lieber würde ich ihnen helfen, als sie zu schädigen.«

Tatsächlich konnten die Dämonen den alten Santa Claus nicht in Versuchung führen. Im Gegenteil, er war klug genug, um zu erkennen, dass sie ihn nur deshalb besuchten, um Unheil und Schaden anzurichten, und sein vergnügtes Lachen brachte die Bösen aus der Fassung und offenbarte ihnen die Dummheit ihres Vorhabens. Also ließen sie ihre honigsüßen Worte sein und beschlossen, Gewalt anzuwenden.

Es war allgemein bekannt, dass man Santa Claus nichts antun kann, solange er sich im Lachenden Tal aufhält, denn die Elfen, die Ryls und die Knooks beschützen ihn alle. Doch am Heiligabend fährt er mit seinen Rentieren und einer Schlittenladung voller Spielzeug und hübscher Geschenke für die Kinder hinaus in die weite Welt; und das war der Zeitpunkt und die Gelegenheit für seine Feinde, ihn am meisten zu schädigen. Also schmiedeten die Dämonen einen Plan und warteten auf Heiligabend.

Am Himmel schien groß und weiß der Mond, und die Erde war mit frischem, glitzerndem Schnee bedeckt, als Santa Claus mit seiner Peitsche schnalzte und aus dem

Tal in die weite Welt dahinter sauste. Der geräumige Schlitten war mit riesigen Säcken voller Spielzeug bepackt, und als die Rentiere dahinflitzten, lachte, pfiff und sang unser vergnügter alter Santa vor Freude. Denn in seinem ganzen fröhlichen Leben war dies der glücklichste Tag des Jahres für ihn – der Tag, an dem er die Schätze seiner Werkstatt liebevoll an die kleinen Kinder weitergab.

In dieser Nacht würde es viel zu tun geben, das wusste er wohl. Und wie er so pfiff, rief und wieder mit der Peitsche schnalzte, ging er im Kopf alle Dörfer, Städte und Gehöfte durch, in denen er erwartet wurde, und kam zu dem Schluss, dass er gerade genug Geschenke hatte, um seine Runde zu drehen und alle Kinder glücklich zu machen. Die Rentiere wussten genau, was von ihnen erwartet wurde, und sausten so geschwind dahin, dass ihre Hufe die schneebedeckte Erde kaum zu berühren schienen.

Plötzlich geschah etwas Seltsames: Durch das Mondlicht schoss ein Seil, und eine große Schlinge an seinem Ende legte sich um Arme und Körper des Santa Claus und zog sich fest. Noch bevor er sich wehren oder auch nur um Hilfe rufen konnte, wurde er vom Sitz des Schlittens gerissen und fiel kopfüber in eine Schneewehe, während die Rentiere mit der Spielzeugladung davoneilten und sie rasch außer Sicht- und Hörweite brachten.

Einen Augenblick lang war der alte Santa Claus von dem überraschenden Vorfall verwirrt, und als er wieder zur Besinnung kam, erkannte er, dass die bösen Dämonen ihn aus der Schneewehe gezerrt und das Seil mehrmals fest um ihn herumgewickelt hatten. Dann verschleppten sie den entführten Santa Claus zu ihrem Berg, wo sie den Gefangenen in eine geheime Höhle warfen und ihn an eine Felswand ketteten, damit er nicht entkommen konnte.

»Ha, ha!«, lachten die Dämonen und rieben sich vor

grausamer Schadenfreude die Hände. »Was werden die Kinder jetzt wohl tun? Wie sie weinen, schimpfen und wüten werden, wenn sie in ihren Strümpfen kein Spielzeug und an ihren Weihnachtsbäumen keine Geschenke finden! Und welche Strafen sie von ihren Eltern erhalten werden, und wie sie in Scharen zu unseren Höhlen der Selbstsucht, des Neides, des Hasses und der Bosheit strömen werden! Wir haben uns etwas furchtbar Kluges einfallen lassen, wir Höhlendämonen!«

Doch der Zufall wollte es, dass der gute Santa Claus an diesem Heiligabend seine vier liebsten Helfer auf seinem Schlitten mitgenommen hatte: Nuter den Ryl, Peter den Knook, Kilter den Wichtel und einen kleinen Elf namens Wisk. Diese kleinen Leutchen waren ihm oft sehr nützlich gewesen, wenn es darum ging, seine Geschenke unter die Kinder zu verteilen. Als ihr Meister so plötzlich vom Schlitten gerissen worden war, hatten sie alle behaglich unter dem Sitz gesteckt, wo der scharfe Wind sie nicht erreichen konnte.

Die winzigen Unsterblichen erfuhren von der Entführung des Santa Claus erst, als er schon eine ganze Weile verschwunden gewesen war. Schließlich aber vermissten sie seine fröhliche Stimme, und da ihr Meister auf seinen Reisen stets sang oder pfiff, war die Stille eine Warnung, dass irgendetwas nicht stimmte.

Der kleine Wisk steckte seinen Kopf unter dem Sitz hervor und stellte fest, dass Santa Claus verschwunden war und niemand mehr den Flug der Rentiere lenkte.

»Brr!«, rief er, und gehorsam verlangsamten die Rentiere ihre Geschwindigkeit und kamen zum Stillstand.

Peter, Nuter und Kilter sprangen allesamt auf den Sitz und blickten auf die Schlittenspur hinter ihnen. Doch Santa Claus war bereits meilenweit entfernt.

»Was sollen wir nur tun?«, fragte Wisk ängstlich. Das große Unglück hatte allen Frohsinn und Übermut aus seinem winzigen Gesicht vertrieben.

»Wir müssen sofort umkehren und unseren Meister finden«, sagte Nuter der Ryl, der immer sehr bedachtsam sprach.

»Nein, nein!«, rief Peter der Knook, der zwar muffig und mürrisch war, auf den man sich im Notfall aber stets verlassen konnte. »Wenn wir Zeit verlieren oder zurückfahren, dann schaffen wir es nicht mehr, den Kindern vor Tagesanbruch das Spielzeug zu bringen, und das würde Santa Claus am allermeisten betrüben.«

»Es steht fest, dass ihn böse Geschöpfe ergriffen haben«, fügte Kilter nachdenklich hinzu, »und ihr Ziel muss es sein, die Kinder unglücklich zu machen. Also ist es unsere erste Pflicht, das Spielzeug so sorgfältig zu verteilen, als wäre Santa Claus selbst zugegen. Danach können wir unseren Meister suchen und ihn mühelos befreien.«

Dies schien ein so guter und vernünftiger Rat zu sein, dass die anderen sofort beschlossen, ihn anzunehmen. Peter der Knook rief den Rentieren »Hüa!« zu, und die treuen Tiere sprangen wieder vorwärts und flitzten über Berg und Tal, durch Wald und Feld, bis sie zu Häusern gelangten, in denen Kinder schliefen und von den hübschen Geschenken träumten, die sie am Weihnachtsmorgen vorfinden würden.

Die kleinen Unsterblichen hatten sich eine schwierige Aufgabe vorgenommen; denn obwohl sie Santa Claus bei vielen seiner Reisen geholfen hatten, so hatte ihr Meister sie doch stets geführt und geleitet und ihnen genau gesagt, was sie zu tun hatten. Jetzt aber mussten sie das Spielzeug nach eigenem Ermessen verteilen, und sie verstanden Kinder nicht so gut wie der alte Santa Claus. Kein

Wunder also, dass ihnen ein paar lachhafte Schnitzer unterliefen.

Mamie Brown, die sich eine Puppe gewünscht hatte, bekam stattdessen eine Trommel; und was fängt ein Mädchen, das Puppen liebt, mit einer Trommel an? Und Charlie Smith, der gern draußen spielt und herumtobt und der sich neue Gummistiefel gewünscht hatte, um seine Füße trocken zu halten, bekam ein Nähkästchen mit buntem Kammgarn, Zwirn und Nadeln, was ihn so sehr ärgerte, dass er unseren lieben Santa Claus gedankenlos einen Schwindler nannte.

Wären viele solcher Fehler passiert, dann hätten die Dämonen ihren bösen Zweck erreicht und die Kinder unglücklich gemacht. Doch die kleinen Freunde des abwesenden Santa Claus arbeiteten treu und klug, um die Ideen ihres Meisters in die Tat umzusetzen, und es unterliefen ihnen weniger Irrtümer, als man es unter so ungewöhnlichen Umständen erwartet hätte.

Und obwohl sie so flink wie möglich arbeiteten, ging die Sonne auf, noch bevor sie alles Spielzeug und alle anderen Geschenke verteilt hatten; und zum ersten Mal in vielen Jahren trotteten die Rentiere auf der Rückreise bei helllichtem Tage ins Lachende Tal, denn hinter dem Wald lugte eine strahlende Sonne hervor zum Beweis, dass sie die gewohnte Stunde weit überschritten hatten.

Nachdem sie die Rentiere im Stall untergebracht hatten, fragten sich die kleinen Leutchen, wie sie ihren Meister retten könnten; und sie erkannten, dass sie zuerst herausfinden mussten, was ihm widerfahren war und wo er sich befand.

Also begab sich Wisk der Elf zu dem schattigen Plätzchen der Elfenkönigin, das im tiefsten Innern des Waldes von Burzee lag; dort angekommen, erfuhr er sogleich alles über die bösen Dämonen, die den guten Santa Claus entführt hatten, um zu verhindern, dass er die Kinder glücklich machte. Die Elfenkönigin sagte ihre Hilfe zu, und daraufhin flog Wisk, bestärkt von diesem mächtigen Beistand, wieder zu der Stelle, wo Nuter und Peter und Kilter auf ihn warteten, und die vier berieten sich und schmiedeten einen Plan, um ihren Meister von seinen Feinden zu befreien.

Es mag wohl sein, dass Santa Claus in der Nacht nach seiner Gefangennahme nicht ganz so fröhlich war wie sonst. Denn obwohl er dem Urteil seiner kleinen Freunde vertraute, so konnte er ein gewisses Maß an Sorge doch nicht unterdrücken, und wenn er an die Enttäuschung dachte, die seine lieben kleinen Kinder erwartete, trat von Zeit zu Zeit ein ängstlicher Blick in seine gütigen alten Augen. Und die Dämonen, die ihn abwechselnd bewachten, versäumten es nicht, ihn in seiner hilflosen Lage mit verächtlichen Worten zu verspotten.

Als der Weihnachtstag hereinbrach, hielt der Dämon der Bosheit bei dem Gefangenen Wache, und seine Zunge war noch schärfer als die der anderen.

»Die Kinder wachen auf, Santa Claus!«, rief er. »Sie wachen auf und merken, dass ihre Strümpfe leer sind! Ho, ho! Wie sie zanken und heulen und zornig mit den Füßen stampfen werden! Heute werden unsere Höhlen voll sein, alter Santa! Unsere Höhlen werden gewiss voll sein!«

Doch wie auf alle höhnischen Bemerkungen erwiderte Santa Claus auch auf diese nichts. Seine Gefangenschaft betrübte ihn zwar, doch sein Mut verließ ihn nicht. Und als der Dämon der Bosheit bemerkte, dass der Gefangene auf seine Sticheleien nicht antwortete, ging er gleich wieder fort und schickte an seiner Statt den Dämon der Reue.

Dieser war nicht so widerwärtig wie die anderen. Er

hatte sanfte, feine Gesichtszüge, und seine Stimme hatte einen weichen, angenehmen Klang.

»Meine Dämonenbrüder vertrauen mir nicht sonderlich«, sagte er, als er die Höhle betrat, »aber es ist bereits Morgen, und das Unheil ist geschehen. Du kannst die Kinder erst in einem Jahr wieder besuchen.«

»Das ist wahr«, erwiderte Santa Claus beinahe fröhlich. »Heiligabend ist vorbei, und zum ersten Mal seit Jahrhunderten habe ich meine Kinder nicht besucht.«

»Die Kleinen werden sehr enttäuscht sein«, murmelte der Dämon der Reue fast schuldbewusst, »doch daran ist jetzt nichts mehr zu ändern. Ihr Kummer macht die Kinder vermutlich selbstsüchtig, neidisch und gehässig, und wenn sie heute zu den Höhlen der Dämonen kommen, werde ich Gelegenheit haben, einige von ihnen in meine Höhle der Reue zu führen.«

»Bereust du selbst denn nie?«, fragte Santa Claus neugierig.

»Aber ja«, erwiderte der Dämon. »Sogar jetzt bereue ich, dass ich an deiner Gefangennahme mitgewirkt habe. Natürlich ist es zu spät, um das Böse, das geschehen ist, wiedergutzumachen; doch Reue kann, wie du weißt, erst auf einen bösen Gedanken oder eine böse Tat folgen, denn anfangs gibt es ja nichts zu bereuen.«

»Ich verstehe«, sagte Santa Claus. »Die, die das Böse vermeiden, brauchen deine Höhle nie zu besuchen.«

»In der Regel stimmt das zwar«, erwiderte der Dämon, »doch du, der du nichts Böses getan hast, wirst gleich meine Höhle besuchen; denn um zu beweisen, dass ich meinen Anteil an deiner Gefangennahme aufrichtig bereue, werde ich dir die Flucht ermöglichen.«

Diese Worte überraschten den Gefangenen sehr, bis er darüber nachdachte, dass vom Dämon der Reue eigentlich nichts anderes zu erwarten war. Der Gesell machte sich sofort daran, die Knoten in den Fesseln des Santa Claus zu lösen und die Ketten aufzuschließen, mit denen er an der Wand befestigt war. Dann führte er ihn durch einen langen Tunnel, bis sie beide in die Höhle der Reue gelangten.

»Ich hoffe, du wirst mir verzeihen«, sagte der Dämon flehentlich. »Weißt du, eigentlich bin ich kein schlechter Kerl; und ich glaube, dass ich in der Welt viel Gutes bewirke.«

Damit öffnete er eine Hintertür, die eine Flut von Sonnenlicht hereinließ, und Santa Claus sog dankbar die frische Luft ein.

»Ich hege keinen Groll«, sagte er mit sanfter Stimme zu dem Dämon, »und ich bin sicher, dass die Welt ohne dich ein trostloser Ort wäre. Also dann, guten Tag und frohe Weihnachten!«

Mit diesen Worten trat er hinaus, um den hellen Morgen zu begrüßen, und einen Moment später stapfte er davon und pfiff auf dem Heimweg ins Lachende Tal leise vor sich hin.

Durch den Schnee marschierte eine riesige Armee der wunderlichsten Gestalten auf den Berg zu, die man sich vorstellen konnte. Da gab es unzählige Knooks aus dem Wald, die genauso grob und krumm aussahen wie die knorrigen Äste der Bäume, für die sie sorgten. Und da gab es anmutige Ryls von den Feldern, von denen jeder das Wappen der Blume oder der Pflanze trug, das er hütete. Dahinter folgten viele Reihen von Wichteln, Zwergen und Nymphen; die Nachhut bildeten tausend wunderschöne Elfen, die in prächtiger Anordnung dahinschwebten.

Diese wundersame Armee wurde von Wisk, Peter, Nuter und Kilter angeführt, die sie aufgestellt hatten, um

Santa Claus aus der Gefangenschaft zu befreien und die Dämonen zu bestrafen, die es gewagt hatten, ihn seinen geliebten Kindern wegzunehmen.

Und obwohl sie so heiter und friedfertig wirkten, waren die kleinen Unsterblichen doch mit Kräften ausgestattet, die jedem gefährlich wurden, der ihren Zorn auf sich gezogen hatte. Wehe den Dämonen der Höhlen, sollte diese mächtige Armee der Rache ihnen je begegnen!

Doch siehe da! Plötzlich erschien die imposante Gestalt des Santa Claus, der auf seine treuen Freunde zuging. Sein weißer Bart wehte im Wind, und seine hellen Augen funkelten vor Vergnügen angesichts dieses Beweises der Liebe und der Verehrung, die er in den Herzen der mächtigsten Geschöpfe der Welt hervorgerufen hatte.

Und während sie sich um ihn scharten und vor Freude über seine sichere Rückkehr tanzten, dankte er ihnen aus ganzem Herzen für ihren Beistand. Und Wisk, Nuter, Peter und Kilter umarmte er liebevoll.

»Die Dämonen zu verfolgen ist zwecklos«, sagte Santa Claus zu der Armee. »Sie haben ihren Platz in der Welt und können nicht zerstört werden. Trotzdem ist es jammerschade«, fuhr er nachdenklich fort.

So begleiteten die Elfen, die Knooks, die Wichtel und die Ryls den guten Mann zurück zu seinem Schloss, und dort verließen sie ihn, damit er mit seinen kleinen Helfern die Geschehnisse der Nacht besprechen konnte.

Wisk hatte sich bereits unsichtbar gemacht und war durch die weite Welt geflogen, um nachzuschauen, wie es den Kindern an diesem hellen Weihnachtsmorgen ergangen war; und als er zurückkehrte, hatte Peter Santa Claus schon berichtet, wie sie die Spielsachen verteilt hatten.

»Wir haben wirklich gute Arbeit geleistet«, rief der Elf mit freudiger Stimme, »denn heute Morgen habe ich bei den Kindern nur wenig Missmut entdeckt. Dennoch darfst du dich nie wieder gefangennehmen lassen, lieber Meister, denn nächstes Mal haben wir vielleicht nicht so viel Glück.«

Dann erzählte er von den Fehlern, die sie begangen hatten und die er erst bei seiner Inspektionstour entdeckt hatte. Und Santa Claus schickte ihn auf der Stelle mit Gummistiefeln zu Charlie Smith und mit einer Puppe zu Mamie Brown, sodass auch diese beiden enttäuschten Kinder glücklich wurden.

Und was die bösen Dämonen der Höhlen betraf, so waren sie voller Ärger und Verdruss, als sie herausfanden, dass ihr kluger Plan, Santa Claus zu entführen, gescheitert war. Tatsächlich schien an diesem Weihnachtstag niemand selbstsüchtig, neidisch oder gehässig zu sein. Und als sie erkannten, dass der Schutzheilige der Kinder viele mächtige Freunde hatte und es töricht wäre, ihn zu bekämpfen, versuchten die Dämonen nie wieder, seine Reisen am Heiligabend zu behindern.

Eine Hörbuchfassung von Lyman Frank Baums Erzählung *Der Weihnachtsmann oder Das abenteuerliche Leben des Santa Claus* ist lieferbar bei Eins A Medien GmbH, Köln. Sprecher: Engelbert von Nordhausen. 4 CDs in Multibox. www.einsamedien.de

Weihnachtsbücher
im Insel Verlag
Eine Auswahl

Alle Jahre wieder. Ein Weihnachtsbuch. Geschichten, Lieder und Bilder aus alter und neuer Zeit. Ausgewählt von Gottfried Natalis. it 1362. 446 Seiten

Hans Christian Andersen. Die Schneekönigin. Übersetzt von Eva-Maria Blühm. Mit farbigen Illustrationen von Birgit Ackermann. it 2578. 120 Seiten

Hans Christian Andersen. Weihnachts- und Wintermärchen. Ausgewählt von Ulrich Sonnenberg. it 2694. 180 Seiten

Elizabeth von Arnim. Weihnachten. Ausgewählt und übersetzt von Angelika Beck. Großdruck. it 2406. 126 Seiten

L. F. Baum. Der Weihnachtsmann oder Das abenteuerliche Leben des Santa Claus. it 3634. 160 Seiten

Peter Bichsel. Dezembergeschichten. Herausgegeben und mit einem Nachwort von Adrienne Schneider. IB 1295. 56 Seiten

Das Buch vom Schnee. Lesestoff für trübe Wintertage. Herausgegeben von Simone Frieling. it 2695. 221 Seiten

Deutsche Weihnachtslieder. Zweistimmig gesetzt von Helmut Walcha. Vignetten von Willi Harwerth. Notenschrift und Satzgestaltung: Paul Koch. IB 1027. 72 Seiten

Charles Dickens. Die Silvesterglocken. Ein Märchen von Glocken, die ein altes Jahr aus- und ein neues Jahr einläuteten. Mit elf Federzeichnungen nach der Erstausgabe von 1845. IB 89. 133 Seiten

NF 41/1/7.10

Charles Dickens. Der Weihnachtsabend. IB 1209. 120 Seiten

Charles Dickens. Weihnachtserzählungen. Mit Illustrationen von Leech, Stanfiels, Stone u.a. it 358. 512 Seiten

Es kommt ein Schiff. Gedichte und Bilder zu Weihnachten. Ausgewählt von Gottfried Natalis. IB 1041. 56 Seiten

Fröhlicher Advent. Geschichten, Gedichte und Rezepte. Herausgegeben und ausgewählt von Gesine Dammel. it 3459. 192 Seiten

Fröhliche Weihnachten. Auswahl von Kathrin Grothe. it 3384. Gebunden. 156 Seiten

Geheimnisvolle Weihnachten. Ausgewählt von Thomas Walldorf. it 3387. Gebunden. 161 Seiten

Geschichten vom Christkind und vom Weihnachtsmann. Ausgewählt von Peter Wenzel. it 2973. 110 Seiten

Geschichten vom Nikolaus. Gesammelt von Felix Karlinger. it 1769. 160 Seiten

Hermann Hesse. In Weihnachtszeiten. Erinnerungen, Betrachtungen, Gedichte. Ausgewählt von Volker Michels. it 2418. 122 Seiten

Hermann Hesse. Weihnachten. Ausgewählt von Volker Michels. it 3302. 120 Seiten

E. T. A. Hoffmann. Die Abenteuer der Silvester-Nacht. Mit farbigen Illustrationen von Monika Wurmdobler. it 798. 81 Seiten

Die Insel-Weihnachtsbücher. Drei Bände in Geschenkkassette
- Das Weihnachtsbuch. Mit alten und neuen Geschichten, Gedichten und Liedern. it 46. 297 Seiten

NF 41/2/7.10

- Das Weihnachtsbuch der Lieder. Mit alten und neuen Liedern zum Singen und Spielen. Mit zahlreichen Bildern. it 157. 208 Seiten
- Das Weihnachtsbuch für Kinder. Mit Geschichten, Gedichten und Bildern. Ausgewählt von Elisabeth Borchers. it 156. 292 Seiten

Jean Paul. Die wunderbare Gesellschaft in der Neujahrsnacht. Herausgegeben von Hermann Hesse. it 2262. 142 Seiten

Marie Luise Kaschnitz. Weihnachten. Ausgewählt von Iris Schnabel-Kaschnitz. it 3305. 120 Seiten

Leise rieselt der Schnee. Texte und Bilder. Auswahl und Nachwort von Gisela Linder. IB 1179. 72 Seiten

Märchen zur Weihnacht. Ein Hausbuch für groß und klein. Herausgegeben von Franz-Heinrich Hackl. it 1649. 292 Seiten

Merry Christmas. Die schönsten Weihnachtsgeschichten aus England. Ausgewählt und übersetzt von Ria und Günther Blaicher. it 3301. 250 Seiten

O Tannenbaum. Geschichten und Gedichte zur Weihnachtszeit. Ausgewählt von Gesine Dammel. it 2972. 120 Seiten

Alexandros Papadiamantis. Die Heilige Nacht auf dem Berg. Eine Weihnachtsgeschichte. Übersetzt von Andrea Schellinger. Mit einem Nachwort von Danae Coulmas. it 2419. 96 Seiten

Rainer Maria Rilke. Weihnachten. Briefe, Gedichte und die Erzählung »Das Christkind«. Ausgewählt und mit einem Nachwort versehen von Hella Sieber-Rilke. it 2865. 128 Seiten

Rainer Maria Rilke. Weihnachten. Ausgewählt von Hella Sieber-Rilke. it 3303. 120 Seiten

NF 41/3/7.10

Rainer Maria Rilke. Weihnachtsbriefe an die Mutter. IB 1153. 88 Seiten

Joachim Ringelnatz. Weihnachten. Ausgewählt von Ute Maack. it 3304. 120 Seiten

Romantische Weihnachten. Ausgewählt von Wolfgang Schneider. it 3386. Gebunden. 166 Seiten

Patrick Roth. Lichternacht. Weihnachtsgeschichte. Mit einem Essay von Michaela Kopp-Marx. Mit einem Filmbild. IB 1285. 55 Seiten

Schlaf in tödlicher Ruh. Weihnachtliche Kriminalgeschichten. Ausgewählt von Carolin Bunk und Hans Sarkowicz. it 3382. 177 Seiten

Die schönsten Weihnachtsgedichte. Ausgewählt von Gesine Dammel. it 2580. 128 Seiten

Die schönsten Weihnachtsgedichte. Ausgewählt von Gesine Dammel. it 3228. 94 Seiten

Die schönsten Weihnachtsgeschichten. Ausgewählt von Gesine Dammel. it 2830. 144 Seiten

Die schönsten Weihnachtsgeschichten. Ausgewählt von Gesine Dammel. it 3229. 114 Seiten

Die schönsten Weihnachtsgeschichten für Kinder. Ausgewählt und herausgegeben von Günter Stolzenberger Mit Illustrationen von Claudia Weikert. it 3442. 182 Seiten

Die schönsten Weihnachtslieder. Ausgewählt von Wolfgang Schneider. it 3231. 127 Seiten

NF 41/4/7.10

Die schönsten Weihnachtsmärchen. Ausgewählt von Gesine Dammel. it 3230. 117 Seiten

Sonnige Weihnachten. Ausgewählt von Peter Wenzel. it 3385. Gebunden. 139 Seiten

Theodor Storm. Knecht Ruprecht. Illustriert von Rolf Köhler. Mit einem Nachwort von Nadja Einzmann und Karl Kröhnke. it 2261. 56 Seiten

Theodor Storm. Unter dem Tannenbaum. Geschichten und Gedichte. Herausgegeben von Gottfried Honnefelder. it 1042. 163 Seiten

Ludwig Tieck. Weihnacht-Abend. Mit einem Nachwort von Uwe Schweikert. it 2431. 109 Seiten

Felix Timmermans. Sankt Nikolaus in Not. Übersetzt von Anna Valeton-Hoos. Mit Bildern von Else Wenz-Viëtor. IB 420. 64 Seiten. it 2023. 32 Seiten

Robert Walser. Der Schnee fällt nicht hinauf. 33 Gedichte. it 3449. 111 Seiten

Robert Walser. Tiefer Winter. Geschichten von der Weihnacht und vom Schneien. Herausgegeben von Margit Gigerl, Livia Knüsel und Reto Sorg. it 3326. 168 Seiten

Weihnachten. Erzählungen aus alter und neuer Zeit. Ausgewählt von Gottfried Natalis. it 946. 464 Seiten

Weihnachten der Elche. Ausgewählt von Inka Hagen. it 3635. Etwa 160 Seiten

NF 41/5/7.10

Weihnachten für Gestreßte. Ausgewählt von Peter Wenzel. it 3638. 128 Seiten

Weihnachtsgedichte und Weihnachtslieder für Kinder. Herausgegeben und ausgewählt von Sabina Berchtold. it 3441. 168 Seiten

Weihnachten mit Hermann Hesse. Herausgegeben von Volker Michels. it 3640. 112 Seiten

Weihnachten mit Hund. Herausgegeben von Eva Demski. it 3460. 112 Seiten

Weihnachten mit Hund. Neue Geschichten. Herausgegeben von Gesine Dammel. it 3637. 160 Seiten

Weihnachten mit Katze. Herausgegeben und ausgewählt von Gesine Dammel. it 3461. 112 Seiten

Weihnachten mit Katze. Neue Geschichten. Herausgegeben von Mario Leis. it 3636. Etwa 160 Seiten

Weihnachten mit Christian Morgenstern. Herausgegeben von Ute Maack. it 3639. 112 Seiten

Weihnachten mit Rainer Maria Rilke. Herausgegeben von Hella Sieber-Rilke. it 3641. 128 Seiten

Weihnachten mit Joachim Ringelnatz. Herausgegeben von Ute Maack. it 3642. 112 Seiten

Weihnachten, wie es war. Alte Erzählungen und Bilder. Ausgewählt von Gottfried Natalis. Mit farbigen Abbildungen. it 2352. 282 Seiten

NF 41/6/7.10

Weihnachtserzählungen des 20. Jahrhunderts. Ausgewählt von Gottfried Natalis. it 1648. 218 Seiten

Weihnachtsgedichte aus tausend Jahren. Ausgewählt von Gesine Dammel. Gebundene Sonderausgabe. it 2785. 144 Seiten

Weihnachtsgeschichten aus Spanien. Herausgegeben von Michi Strausfeld. it 2786. 144 Seiten

Weihnachtsüberraschungen. Geschichten und Gedichte. Ausgewählt von Gesine Dammel. it 3068. 142 Seiten

Welch ein Fest. Das große Weihnachtsbuch. Herausgegeben von Gilda Donata und Hubert Selig. 400 Seiten. Gebunden

Das Winterbuch. Gedichte und Prosa. Herausgegeben von Hans Bender, Hans Georg Schenk und Nikolaus Wolters. it 728. 252 Seiten

Winterfreuden. Herausgegeben von Susanne Gretter. it 3446. 198 Seiten

Wundersame Geschichten von Engeln. Gesammelt und übertragen von Felix Karlinger. it 1226. 135 Seiten

NF 41/7/7.10